# 35 JOURS
# AVANT L'EXÉCUTION

# DU MÊME AUTEUR

**Romans**

*La Fraternité*, Slatkine & Cie, 2018 ; 10/18, 2019
*Stella*, Denoël, 2020 ; J'ai Lu, 2023

# TAKIS WÜRGER

# 35 JOURS
# AVANT L'EXÉCUTION

TRADUIT DE L'ALLEMAND
PAR ISABELLE LIBER

CALMANN LEVY NOIR

CALMANN LÉVY
ÉDITEUR DEPUIS 1836

*Titre original :*
UNSCHULD
Première publication : Penguin Verlag, Munich, 2022

COUVERTURE
*Maquette :* Alistair Marca
*Photographie :* Gregory CREWDSON,
*Untitled* [Man in Car with Shed]
impression pigmentaire numérique
Dimensions 122 × 153 cm – © Gregory Crewdson

ISBN 978-2-7021-8858-3

*À ma mère*

# UN

Le meurtrier de Casper Rosendale aimait la musique d'Elvis, la tarte au citron meringuée, les matchs des New York Jets et le poirier derrière sa caravane. Telles étaient les rumeurs. Le meurtrier, racontait-on, n'avait plus ses vraies dents de devant, car quelqu'un les lui avait cassées sur le couvercle d'une poubelle.

À ce qu'on disait, il avait le don d'oublier tout ce qui l'entourait dès qu'il se sentait bien. Comme ce jour, dans un fast-food, où il avait retiré ses chaussures pour se masser la plante des pieds tellement il était heureux.

Oui, les rumeurs qui circulaient sur le meurtrier de Casper Rosendale étaient nombreuses.

Certains le prétendaient descendant direct d'un marin du *Mayflower*. D'autres racontaient qu'il avait une putain pour mère. Qu'il était né sur la plage, dans le sable et l'eau salée. Qu'il ne savait pas lire et ne comptait que sur ses doigts. Qu'il avait un diplôme en mathématiques théoriques de l'université de Princeton. Qu'il avait troué le mur d'une école primaire avec une poignée de porte. Qu'il était condamné par une maladie, une mutation génétique. Qu'il dansait le swing, celui de la côte Est, et qu'il avait été champion régional de sa catégorie.

L’une de ces rumeurs affirmait que le meurtrier de Casper Rosendale avait dansé avec le jeune homme avant de l’abattre.

On racontait parfois n’importe quoi, parfois on exagérait.

Parmi toutes ces rumeurs, l’une au moins était vraie : le meurtrier avait une fille.

À vingt-trois ans, Molly Carver vivait à Astoria, un quartier du nord du Queens, avec son oncle et deux gros chats, Cheese et Mac. Ils logeaient au sous-sol de l'Albatros, un bar gay connu pour son billard, son karaoké et surtout son cocktail « Tequiling Me Softly ».

Ils partageaient deux pièces basses de plafond et une salle de bains au carrelage moutarde, si exigüe qu'on pouvait prendre sa douche assis sur les toilettes, ce qui avait aussi ses avantages.

Le soir, il y avait toujours du bruit chez eux : le plafond n'était pas épais, et au-dessus, dans le bar, on buvait et on chantait des tubes des années 1980.

Le soleil n'entrait jamais dans cet appartement.

Molly s'y sentait bien.

Sur les murs de sa chambre, elle avait dessiné au feutre fin noir des motifs abstraits qu'elle trouvait beaux et parfaits. Mick avait d'abord protesté et déclaré qu'il allait repeindre tout ça, puis, le travail accompli, quand Molly s'était aussitôt remise à dessiner, il avait abandonné. Les murs et le plafond étaient depuis recouverts de zigzags noirs. Mais on les voyait à peine, à cause des articles collés partout qui parlaient du père de Molly.

La jeune femme gardait près de son lit, dans une bouteille de bière vide, une fleur de pavot rouge en plastique qu'elle avait volée dans les toilettes d'un bar.

Ce soir-là, quand Molly poussa d'un coup d'épaule la porte voilée de l'appartement, son oncle était allongé sur le canapé avec Cheese et Mac dans ce qui était devenu sa chambre. Il l'accueillit d'un coup d'œil, hocha la tête. Le regard un peu hésitant, comme toujours. Les veines de ses avant-bras ressortaient, sans doute parce qu'il avait fait du sport. Ses doigts allaient et venaient sur un trou dans la housse.

Depuis le jour où Molly s'était trouvée devant sa porte, dix ans auparavant, Mick dormait sur ce canapé.

Molly se pencha vers ses baskets pour éviter le regard de son oncle. Il aurait tout de suite remarqué qu'elle avait pleuré. Depuis qu'elle était partie de chez Juliette, ses mains tremblaient. Elle attrapa deux bières dans le frigo.

S'approchant de Mick, elle posa une bouteille de bière sur son torse et resta debout derrière lui. Son crâne chauve luisait sous la lampe.

Tout le monde l'appelait Mick, sauf Molly.

Elle l'appelait « Unk », à cause du bégaiement, et aussi parce que c'était son oncle.

Il l'appelait « la môme ».

Il était paumé. C'était peut-être pour ça que ça fonctionnait entre eux, pensait parfois Molly.

Il avait travaillé dans l'aide au développement à Bagdad, pendant la guerre. Il avait voulu enseigner aux Irakiens les finesses de l'élevage de truites, l'aquaculture pour planche de salut, et il était rentré avec un syndrome de stress post-traumatique aigu.

Mick ne sortait de l'appartement que pour travailler, adressait rarement la parole à des inconnus et n'allait pas là où il n'était jamais allé. Il n'avait plus quitté New York depuis des années.

Tous les ans, le 4 juillet, il avalait une poignée de somnifères pour ne pas entendre les pétarades du feu d'artifice.

À part ça, il était bouddhiste, ou affirmait l'être, mais Molly n'y croyait pas vraiment.

Molly l'aimait. Il ne mentait jamais.

Au début, elle avait pensé qu'un homme comme Mick passant la serpillière dans les bureaux de Manhattan, ça n'avait ni queue ni tête, mais Mick était quelqu'un d'ordonné et ne supportait pas les autres. Le ménage de nuit, c'était ce qu'il lui fallait.

Il se redressa sur le canapé et lui tendit sans un mot une petite enveloppe blanche. Molly reconnut tout de suite l'expéditeur : le laboratoire d'analyses médicales.

Elle retourna l'enveloppe, la plia en deux et la glissa dans la poche arrière de son jean.

Mick fronça les sourcils.

— Plus tard, déclara-t-elle.

Il se leva et la serra dans ses bras costauds.

Molly se taisait. Elle était douée pour ça.

— Ça va aller, dit-il. Si ça s'est bien passé pour moi...

Molly resta blottie contre lui. Il avait fait le test des années auparavant, il n'était pas porteur de la mutation génétique.

*Ça va aller*, pensa Molly.

Pourtant, rien n'allait. Rien n'était jamais allé de soi dans sa vie. Elle tenta de détourner le visage pour cacher ses larmes.

— Papa a écrit ? demanda-t-elle.

Il n'écrivait jamais.

Molly sentit les muscles de Mick se contracter.

— Juliette a peut-être une idée, ajouta-t-elle.

Mick soupira et relâcha son étreinte.

— D'abord une bougie, dit-il.

On aurait pu croire à une blague, mais il était sérieux. Les bougies, c'était son truc. Il s'approcha d'un petit autel installé dans un coin de la pièce, avec des fleurs devant, une mangue, une coupelle remplie d'eau. Il alluma une bougie, s'agenouilla sur un coussin de prière et ferma les yeux. Il se tenait le dos bien droit. Molly s'assit en tailleur à côté de lui et se concentra sur la musique qui venait du bar, au-dessus d'eux.

— Juliette a une idée, répéta Molly à mi-voix.

— Elle en a sans arrêt, des idées, répliqua Mick, les paupières toujours closes.

— M-m-moins de trente-cinq jours…, insista Molly.

Il poussa un soupir.

— Je sais.

— Dans les familles convenables, on parle de ce genre de choses.

— Dans les familles convenables, y a pas de meurtrier.

— Il est innocent.

Mick tourna la tête vers Molly et la regarda avec tendresse.

La jeune femme avait besoin d'air, la bougie parfumée lui donnait la nausée. Sans rien dire, elle se leva, monta l'escalier de la cave et se retrouva face aux embouteillages du Queens à l'heure de la fermeture des bureaux. La rue sentait les gaz d'échappement et les poubelles chaudes, quelqu'un klaxonnait. Devant le bar, deux hommes assis sur des chaises en plastique buvaient des bières dissimulées dans des sacs en papier marron, même si, dans le quartier, aucun policier ne se souciait de l'interdiction de consommer de l'alcool sur la voie publique.

Molly marcha jusqu'à l'East River et escalada un mur, là où les mauvaises herbes lui arrivaient à la taille. Une fois de l'autre côté, elle resta au bord de l'eau à faire les cent pas, à contempler Manhattan, en face, et à boire en attendant que la nuit tombe. D'habitude, l'eau l'apaisait toujours.

Trente-cinq jours avant l'exécution.

Molly prit un Xanax dans le tube en plastique qu'elle gardait dans la poche de son jean et croqua le comprimé.

Elle alternait entre Xanax et Valoron pour se persuader de ne pas être complètement dépendante. Contre le bégaiement, il n'y avait que les médicaments qui marchaient. Molly se les procurait chez un dealer qui faisait ses études à Columbia et vendait de la MDMA le reste du temps.

Elle avala une gorgée de bière pour faire passer. Dans sa poche, la lettre attendait toujours. Elle pesait bien dix kilos.

Molly entendait encore la voix de Juliette : *Ce qu'il faut à ton père maintenant, c'est une héroïne.* Molly savait pertinemment qu'elle n'avait rien d'une héroïne et qu'il s'agissait simplement de la manipuler. Elle rageait de constater que ça fonctionnait. Elle regarda autour d'elle pour s'assurer qu'elle était seule, leva les yeux vers le ciel noir et se mit à crier. Au bout de quelques secondes, elle avait la gorge en feu. Elle ferma les yeux et sentit les premiers effets de l'anxiolytique.

À minuit passé, une fois Molly rentrée, Mick et elle prirent la Triumph pour aller à Manhattan. Mick avait fait peindre sur le réservoir cette phrase : « Et le huitième jour, Dieu créa un Marine. »

Les Marines lui avaient sauvé la vie en Irak, et son interprétation de la non-violence bouddhiste était très libre.

Tous les vendredis, Mick et Molly faisaient le ménage chez le seul client qu'ils avaient en commun, le club de boxe de la Church Street. C'était un bon client : le gérant ne voulait pas qu'ils nettoient vraiment. Il fallait que ça empeste la vieille sueur et qu'il reste des taches de sang sur le tapis du ring. Les gens qui venaient s'entraîner devaient se sentir dans un vrai club de boxe et payer leurs deux cents dollars mensuels en applaudissant l'authenticité des lieux. Seuls les miroirs devaient être impeccables.

Mick et Molly nettoyaient la salle en silence. Lentement, sans musique ni gants. D'après Mick, le travail n'était indigne que si on le prenait à la légère ou qu'on ne s'y consacrait pas à fond. Molly ne voulait pas d'ennuis avec Mick, elle en avait déjà assez, alors au travail, elle lui obéissait. Ils n'avaient pas besoin de gants. Ils faisaient ce métier depuis trop longtemps pour avoir encore du dégoût.

Quand ils eurent fini, Mick prit les pattes d'ours. Molly remonterait sur le ring à l'automne, elle devait s'entraîner, mais elle ne voulait pas : elle voulait réfléchir à un plan pour sauver son père. Du coin de sa patte d'ours, Mick lui frappa quelques fois le front, jusqu'à ce qu'elle enfile finalement les gants. Il lui sourit. Un autre jour, elle aurait souri aussi.

Encore trempés de sueur, ils prirent ensuite la route du Papaya Dog, sur la 6ᵉ Avenue. Le sol y était poisseux, l'odeur de friture, omniprésente, et on y servait le meilleur hotdog de la ville. C'était le seul restaurant où allait Mick, si tant est qu'on puisse qualifier ce boui-boui de restaurant.

Molly goûtait ces moments avec son oncle, le silence et la fatigue partagés.

Le moteur hoqueta quand Mick gara la Triumph. Dans la lumière des néons publicitaires rouges, ses tatouages tranchaient sur son cou, et sa veste en cuir luisait.

Le bâtiment voisin, un immeuble couvert de lierre de Cornelia Street, accueillait une soirée mondaine, et les invités sirotaient leurs cocktails sur le trottoir, vapoteuse à la main. Les rires emplissaient la rue. La musique cognait jusqu'au-dehors.

Les invités regardaient Mick. Il n'avait pas l'allure d'un bouddhiste. Mick ne se souciait pas des autres, ce que Molly avait toujours admiré chez lui. Elle sentait chaque regard.

Chez Papaya Dog, Mick commanda quatre hotdogs avec trois sortes d'oignons et une portion de frites. Molly voulait de la mayonnaise sur ses hotdogs.

— Ketchup-moutarde ? demanda la femme au comptoir.

*Mayo,* voulait dire Molly.

Mayo, un mot en *m*. La gorge de Molly se serra à cette seule pensée. Elle était incapable de prononcer ce mot sans bégayer.

— Ketchup, s'il vous plaît.

Mick s'était trouvé une place où il pouvait s'asseoir dos au mur.

Avant de commencer, il se figea un instant et marmonna quelques mots. Cette manière de concilier bouddhisme et fast-food avait toujours amusé Molly.

— C'est bon ? T'as béni la bouffe ? demanda-t-elle.

— Mange, sale gosse.

Molly sourit.

La dernière fois, Mick lui avait servi un long discours absurde sur les hotdogs et sur sa foi.

— Ne me regarde pas comme ça, lança Mick. Je t'ai déjà expliqué. C'est un hotdog. Pas un animal. On dirait que tu fais exprès de ne pas comprendre.

Ils mangèrent en silence.

Molly se demandait ce qu'elle ferait sans cet homme qui lui avait pris la main à l'époque où elle n'était qu'une enfant et qui depuis, ne l'avait plus lâchée.

L'espace d'un instant, elle ne pensa qu'à Mick, à la boxe et aux oignons frits. Puis elle pensa à Juliette. Elle reposa le hotdog sur le plateau en plastique et regarda ses doigts. Le chlore des produits nettoyants avait encore entamé sa peau.

— Juliette aussi pense qu'il est innocent.

Mick ignora sa remarque et réorganisa méticuleusement les aliments sur le plateau.

— Elle dit que je devrais aller habiter là, poursuivit Molly.

— Chez elle ?

— Chez la famille de Casper.

— Chez les Rosendale ?

Molly acquiesça.

— En tant qu'employée. Ils cherchent quelqu'un.

Mick attrapa du bout de l'index quelques oignons frits qui traînaient sur la table graisseuse.

— OK, dit-il.

— Vraiment ?

— Tu n'avais pas juré que tu ne remettrais plus jamais les pieds dans ce bled ?

Molly se tut. À quoi bon expliquer le plan de Juliette à Mick et lui raconter qu'avec son équipe, Juliette remuait ciel et terre depuis des semaines afin que Molly obtienne ce poste de domestique ? Notamment parce que Molly n'y croyait pas vraiment elle-même et connaissait assez Juliette pour savoir qu'elle ne faisait rien sans avoir une idée derrière la tête.

À bientôt soixante-dix ans, Juliette van Hings avait des dents blanches et lisses comme la porcelaine, un goût prononcé pour les émojis et une garde-robe Armani. Elle buvait en toute bonne foi du Cointreau *on the rocks*. Elle était de ces femmes fortunées de Brooklyn qui vivent dans une *townhouse* retapée à dix millions de dollars et se plaignent dans le même temps de l'embourgeoisement du quartier. Juliette était par ailleurs rédactrice en chef adjointe de la *New York Gazette*, une revue de gauche qui comptait désormais plus d'abonnés que le *New Yorker*. Trois jours par semaine, Molly travaillait chez elle comme bonne à tout faire.

Depuis que la date était fixée pour l'exécution, Juliette donnait l'impression de vouloir aider Molly à sauver son père, mais ce qu'elle voulait en réalité, c'était que Molly s'installe chez les Rosendale et écrive ensuite pour la *Gazette* un réquisitoire éploré contre les élites, et surtout contre les armes. Juliette savait que tout le monde écouterait la fille de Florentin Carver. Molly ne se voyait pas comme quelqu'un de très intelligent, mais ça, c'était encore dans ses cordes.

— Trouillard, dit Molly sans regarder Mick.

— Parce que je trouve ça tordu que tu t'installes chez les Rosendale ?

Elle se mordit la lèvre, planta son regard dans celui de Mick, et ils se jaugèrent un instant.

Puis Mick reprit tout bas :

— Mais qu'est-ce que tu veux aller faire là-bas ?

— Chercher la vérité.

— Comme ça, subitement ?

Molly sentit la colère la gagner et fut incapable de répondre. Elle n'essayait pas *subitement* de sauver son père. Elle avait écrit des lettres au gouverneur de Pennsylvanie et quémandé la grâce de son père pendant des années, d'abord en proie au désespoir, puis sous le coup de l'habitude, ce qui était encore plus douloureux. Peu après la condamnation de son père déjà, alors qu'elle n'était qu'une gamine, elle s'était efforcée de convaincre la police de rouvrir l'enquête et avait si souvent infligé ses balbutiements au commissariat de l'Astoria Boulevard qu'on avait fini par lui en interdire l'accès. Plus tard, elle avait essayé de trouver un avocat. Mais personne ne voulait défendre un meurtrier passé aux aveux, un criminel qui avait abattu un jeune homme innocent.

— « Chercher la vérité ». Non mais tu t'entends ? soupira Mick.

Molly savait à quel point c'était stupide et garda le silence.

— Ça t'est jamais venu à l'idée que l'injection puisse être une délivrance pour lui ?

Elle le fixait toujours sans un mot.

— Quoi ? Me regarde pas comme ça. Tu sais exactement ce que fait cette maladie. Et tu connais ton père.

Pendant un long moment, Mick se tut.

— Tu sais ce que tu devrais faire, Molly ? Prends l'argent de l'association et pars, va voir le monde. Prends ce fric et monte dans un avion. Pour Rome, par exemple. Voilà, va à Rome, le goût des artichauts là-bas, t'imagines pas. Ou alors à la fac. Ou dans cette clinique qui traite le bégaiement, au Canada, celle que j'avais vue. Ou trouve-toi un copain et partez aux Caraïbes. Tout cet argent qui dort… Sers-toi et prends ta vie en main !

L'argent dont parlait Mick provenait de Families Outside, une association qui s'occupait des enfants de grands criminels emprisonnés. Molly recevait un virement chaque mois, une petite fortune. Elle n'avait jamais touché à cet argent.

— Quelque chose qui te fasse plaisir. Ça te permettra peut-être de comprendre que l'humanité entière n'est pas contre toi.

— Papa va être exécuté, et je dois me faire plaisir ?

— Tu dois profiter un peu. Et ouvrir cette maudite lettre. Tu veux lui sauver la vie, mais tu ne vis même pas la tienne.

— Tu as peur, c'est tout, dit-elle.

Le regard de Mick se perdit dans le vide. Molly avait voulu le blesser et elle y était parvenue.

— Désolée, Unk.

La respiration de Mick tremblait quand il inspira.

— Tu t'es déjà demandé pourquoi cette Juliette voulait t'aider ?

— Je m'en fiche. Papa a besoin de nous.

— Tu as inhalé trop de chlore ou quoi ? Elle est journaliste. Elle se sert de toi !

— Je sais.

— Mais de quoi on parle, alors ?

Pendant un moment, ils restèrent silencieux, buvant la bière que Mick avait apportée en douce.

— Viens, on rentre, déclara finalement Mick.

— Je vais rester un peu seule.

— Allez, fais pas ta vexée.

— Je vais prendre le métro. C'est bon.

— Tu détestes prendre le métro.

— Je te jure, vas-y.

Mick haussa les épaules et se leva. Elle le retint par le bras au moment où il allait se détourner, le rassura d'un signe de tête. Il fit de même et lui tapota la joue un peu trop durement. Molly lui était reconnaissante de ne plus rien dire.

Elle demeura seule à leur table.

Le snack était presque désert. Molly s'enfonçait dans sa solitude en regardant par la fenêtre, les yeux dans le vide. Elle s'enfonçait, s'enfonçait.

Un copain. La fac. L'Italie. Qu'est-ce qu'elle irait faire en Italie alors que son père patientait dans le couloir de la mort ?

*Tu veux lui sauver la vie, mais tu ne vis même pas la tienne.*

Les mots de Mick résonnaient encore douloureusement en elle parce qu'elle savait qu'il avait raison.

Quand on avait vécu ce qu'elle avait vécu, on laissait toujours une partie de soi dans le passé, à l'époque où tout était facile, se disait Molly. Depuis ses quatorze ans, elle n'avait jamais vraiment vécu dans le présent. Elle n'était jamais complètement là.

La solitude était parfois si grande que Molly se demandait comment elle pouvait continuer à respirer.

Elle regarda du côté de l'entrée. Une petite fille d'environ quatre ans avait fait irruption dans le snack, seule, et venait dans sa direction en sautillant. Elle portait une robe noire à paillettes qui avait dû coûter plus cher que n'importe quel vêtement de Molly. L'enfant était juste assez grande pour regarder par-dessus les tables. Arrivée à celle de Molly, elle s'agrippa au rebord de ses mains minuscules, les yeux rivés sur les frites froides.

Molly se poussa un peu. La petite fille grimpa tant bien que mal sur la banquette, s'assit près d'elle, si près que son épaule effleurait le bras de Molly, et se mit à engouffrer les frites.

Molly attendit que la petite ait terminé, puis elle prit sa bière dans une main, les doigts de l'enfant poisseux de ketchup dans l'autre, et sortit du snack. La petite fille chic s'était sans doute échappée de la soirée mondaine.

Le cœur de Molly se mit à battre quand elle aperçut devant elle les invités en costumes ajustés et robes de cocktail sombres. La gamine avançait collée à Molly et ne cessait de tourner son petit visage vers elle en riant. Un instant, Molly se demanda qui tenait qui par la main.

— Anne-Claire !

Un homme surgit de la foule. Il saisit l'enfant, la souleva et inspecta Molly des pieds à la tête.

Cette dernière savait exactement à quoi elle ressemblait même si elle se regardait à peine dans le miroir. Elle était trop mate de peau pour faire partie des classes inférieures blanches, mais elle n'avait jamais douté d'appartenir à la catégorie *white trash*. Et elle avait décidé que personne ne le verrait. Ses cheveux noirs étaient coupés court comme ceux d'un garçon, séparés par une raie bien nette qui restait impeccable même après une séance de boxe. Molly portait tous les jours la même tenue : des baskets, un jean et une chemise blanche trop large dont elle remontait les manches, mais pas trop pour qu'on ne voie pas ses tatouages. Elle mettait sous ses chemises des T-shirts blancs en coton épais qui cachaient son buste tatoué, la teigne des abeilles au-dessous de sa clavicule, la coquille de lambi sur son épaule, le *No* entre ses seins et, sur son dos, la citation de Sénèque qu'elle-même jugeait désormais ridicule.

Molly avait l'air d'une gentille jeune femme, soignée, respectable.

Mais l'homme semblait voir au-delà de son déguisement. Il se détourna et glissa quelques mots à sa fille, tout bas pour que Molly n'entende pas. Elle entendit quand même.

Une tempête la submergea. Ce n'était pas l'insulte de l'homme qui la mettait en colère, mais l'évidence avec laquelle il avait pris sa fille dans ses bras. La tenait enlacée. Molly fit un pas vers eux, sans savoir ce qu'elle cherchait.

À ce moment, la petite fille tendit le bras, sa paume vers Molly comme pour dire *Stop*.

Ce geste minuscule, désespéré. Ce qu'on fait quand on voit arriver quelque chose qu'on ne peut plus arrêter.

Molly s'immobilisa et regarda la paume de l'enfant.

## *Dix-huit ans plus tôt*

Molly, cinq ans et demi, était assise à l'avant de la caravane, sur un matelas en mousse auréolé de taches. Elle se balançait d'avant en arrière, répétant à mi-voix ses exercices d'élocution. Il pleuvait comme il pleut parfois dans la vallée de l'Hudson, à grosses gouttes qui claquaient sur le toit en plastique.

Molly entendit près d'elle les pas hésitants de sa mère.

Dans la lumière diffuse, elle vit sa mère attacher ses cheveux et mettre sa casquette, enfiler ses chaussures, prendre son sac à dos. Pour Molly, l'éclat de ses cheveux avait toujours tenu du miracle.

Sa mère lui jeta un coup d'œil furtif.

— Je sors, je vais juste acheter des chewing-gums !

En disant cela, elle fixait devant elle la porte fermée.

Molly entendit le mensonge dans la voix de sa mère. Sans avoir jamais compris d'où lui venait cette faculté, elle savait depuis toujours quand les gens mentaient.

La flamme du briquet illumina le visage sévère et fatigué de sa mère, qui ouvrit la porte. Molly l'entendit jurer en recevant les premières gouttes de pluie. Par la porte ouverte, elle la regarda s'éloigner sans se retourner. Quand elle eut presque disparu au coin, Molly s'élança derrière elle. À petits pas, aussi vite que le permettaient ses cinq ans et demi. La pluie tambourinait si fort que sa mère ne remarqua la présence de Molly qu'au moment où celle-ci saisissait une sangle du sac à dos et s'y accrochait. La mère fit volte-face, une main déjà levée, mais se figea en voyant le visage de sa fille.

Molly lui tendit le parapluie.

Elle ne revit jamais sa mère.

Ce jour-là, quand son père rentra à midi de son travail chez les Rosendale, la petite Molly était toujours assise sur la marche devant la porte de la caravane, les bras autour de ses genoux. Le soleil brillait. Des filets de vapeur montaient du sol en terre battue. Une libellule voletait dans les herbes. Molly observait l'insecte depuis un certain temps déjà, admirant sa légèreté, tellement absorbée par ce songe ailé qu'elle ne vit son père que lorsqu'il se dressa devant elle.

— Salut, la rêveuse !

Molly s'efforça de sourire.

Le père caressa les boucles enfantines encore humides de pluie, entra dans la caravane, puis en ressortit peu après, posa une serviette sur les épaules de Molly et s'assit à côté d'elle sur la marche métallique. Il tenait dans une main deux canettes de limonade et, dans l'autre, une feuille, quelques mots de l'écriture de la mère.

Le père et la fille demeurèrent longtemps silencieux.

— Tu te rappelles les hippocampes que je t'ai montrés cet été, quand on est allés se baigner à Maine ? demanda le père de Molly. Les mininageoires qu'ils ont sur le dos ? Et leur drôle de trompe ?

Molly fit oui de la tête.

— Et tu te souviens que les hippocampes ne sont pas pareils que les autres poissons ? Parce que le papa hippocampe est le seul dans toute la mer à porter ses petits dans son ventre et à s'occuper d'eux sans l'aide de personne.

Elle acquiesça encore, puis posa la tête contre le bras paternel costaud, qui sentait bon l'huile de moteur.

De l'index, il lui donna une bourrade entre les côtes, assez fort pour que Molly bascule de la marche.

— On parie que je mange plus de pancakes que toi ? demanda-t-il en lui tendant la main.

— D'accord, dit-elle, et elle saisit la main de son père qui l'aida à se relever.

Elle grimpa sur son dos et passa ses bras autour de son cou.

— On parie ? répéta-t-il.

Elle ne voulait pas qu'il soit triste, alors elle joua le jeu. Sous la pluie déjà, elle avait décidé qu'elle s'occuperait de lui. C'était une réflexion d'adulte, mais elle sentait qu'à présent, à cinq ans et demi, elle allait devoir se comporter comme une grande.

— Faut pas avoir peur, déclara-t-elle.

— D'accord, répondit son père, si bas qu'elle l'entendit à peine.

Cette fois-là, elle le laissa manger un pancake de plus.

Molly et Florentin Carver habitaient une petite ville du nom de Rosendale, dans la vallée de l'Hudson, au fin fond de l'État de New York.

Leur logement, campé sur trois essieux et six roues, occupait l'emplacement A-7 du *trailer park* Bonne Étoile, où l'on vivait à l'année dans des habitations de fortune et des caravanes délabrées. La peinture vert pâle de la leur s'écaillait.

Le père de Molly, Florentin, avait grandi en Floride, sur la côte. Il aimait l'immensité de l'eau. C'est peut-être pour ça qu'il était claustrophobe et redoutait les espaces fermés. En hiver, il n'avait pas d'autre choix que de dormir dans la caravane, mais en été, il dormait dehors, sur un vieux matelas.

Molly ne pouvait parler avec personne comme avec son père. Elle faisait des exercices d'élocution avec les femmes en blouse blanche qui lui offraient des sucettes et feignaient de ne pas accorder d'importance à sa manière de s'exprimer ou de ne pas s'exprimer. Mais avec son père, elle parlait de la peur, de cette peur qui lui paralysait le larynx, comme si certaines lettres enflaient jusqu'à devenir des monts infranchissables : les monts M, N, et R.

À cause de son bégaiement, les autres enfants ne la comprenaient pas. Molly ne les comprenait pas non plus, même s'ils parlaient distinctement.

Les Carver n'avaient pas d'argent, pas de maison, et Molly n'avait pas de mère ni rien à elle, sinon quelques coquillages, un couteau émoussé et un morceau de verre bleu poli par les vagues, trouvé à Maine. Mais elle avait son coin dans la caravane, où elle avait disposé ses petits coquillages, elle avait son père et les dimanches où ils allaient acheter ensemble du poulet frit au food truck, en bas, dans le centre-ville – un festin pour elle comme pour lui. Ils avaient les matchs des Jets lors desquels son père lui expliquait chaque fois les règles du football américain, qu'elle ne comprenait toujours pas très bien. Il buvait du rhum-Coca tandis qu'elle buvait du Coca auquel il ajoutait parfois une goutte de rhum.

La nuit, quand son père était là, Molly sortait sans bruit de la caravane et venait s'allonger près de lui sur son matelas. Elle collait l'oreille contre le dos de son père pour écouter les battements de son cœur, persuadée qu'il battait exactement deux fois moins vite que le sien, à un rythme différent, et pourtant semblable. Tant que son père était là, tout allait bien. Et elle s'endormait.

Trois semaines après la rentrée, la classe de CP de Molly se rassembla pour la photo de groupe, sur le terrain de football.

Molly tâcha de se glisser au dernier rang. Elle portait des tongs aux pieds. Les brins d'herbe la chatouillaient.

Pendant des mois, Molly avait attendu avec impatience de commencer l'école et de s'y faire des amis. Dès le premier jour, elle avait mis dans son sac à dos son plus beau coquillage, un lambi de la taille d'un gant de baseball, aussi lourd qu'un melon. Elle pourrait peut-être montrer à quelqu'un comme l'intérieur brillait.

— Mate ça, les pieds de singe ! lança un enfant derrière elle.

Molly baissa les yeux. Ses pieds étaient noirs de terre. Elle savait que d'autres enfants avaient les pieds roses et les ongles bien blancs. Molly n'y voyait qu'une perte de temps.

Elle sourit pour la photo.

— Tellement moche que même sa mère s'est barrée. Pas vrai, Momo ? Fais pas comme si t'entendais pas. Momo !

Les enfants riaient.

Molly avait mal aux joues à force de sourire pour la photo.

— Et son père, c'est un fils de pute, renchérit quelqu'un juste derrière elle.

Molly se retourna pour répliquer, sans même réfléchir aux mots sur lesquels elle risquait de buter.

— La ferme !

Le garçon se balançait d'un pied sur l'autre. Il faisait une tête de plus qu'elle et avait la chair dodue de quelqu'un qui se goinfre de pain de mie. Il sourit, narquois, dévoilant un trou à la place des deux dents de devant.

— Hé, mais elle parle, la femme-singe !

D'une voix tranchante, la maîtresse ordonna à Molly de regarder devant elle pour la photo.

Après l'école, le garçon et l'un de ses copains suivirent Molly. Elle se persuada qu'ils avaient le même chemin alors qu'elle savait parfaitement que c'était faux. Quand les garçons se rapprochèrent, Molly se mit à courir.

Le soir, elle se laissa aller à pleurer, mais ne voulut rien raconter à son père qui lui demandait ce qui se passait.

Le jour suivant, après l'école, ils étaient trois à ses trousses.

Dans la partie la moins fréquentée de Woodland Street, l'un des garçons l'attrapa par l'épaule.

— Alors, Momo ?

Le premier jour, au moment des présentations, Molly avait bégayé. Depuis, la classe l'avait baptisée Momo. Et plus un mot n'était sorti de la bouche de Molly.

— Tu veux rentrer chez toi voir ton papa ? demanda un autre.

Molly hocha la tête. Les garçons éclatèrent de rire, comme après une bonne blague.

— Tu sais ce qu'il dit, mon père, sur le tien ? demanda le garçon à qui il manquait deux dents.

Au lieu de répondre, Molly prit ses jambes à son cou. Les garçons s'élancèrent à sa poursuite, mais Molly était plus rapide et fila entre les jardins. En un rien de temps, elle avait semé la bande. Elle ne s'arrêta pas pour autant. Elle n'avait jamais eu aussi peur.

En arrivant chez elle, elle avait le visage mouillé de larmes et de sueur.

Son père bricolait le moteur de sa vieille Coccinelle cabriolet. Il vit Molly arriver en courant et alla à sa rencontre. Elle voulut fuir son regard, mais il la prit dans ses bras costauds, l'assit sur le pare-chocs de la voiture et s'agenouilla devant elle.

— Tout va bien, p'tite teigne ?

Molly gardait le silence. Elle ne voulait pas inquiéter son père.

— Des soucis à l'école ?

Molly ne comprenait pas comment il pouvait être au courant.

— Hm, fit-il, je vois. Premiers jours d'école. Dur, dur… J'ai connu ça. Ton grand-père aussi, je suppose, quoi que… je ne suis pas sûr qu'il soit allé à l'école…

— Pourquoi ils s'en prennent à m-m-m-moi ? demanda Molly.

— Ça, je ne sais pas, dit son père en s'asseyant à côté d'elle. Mais il y a une chose que je sais, p'tite teigne. Quand on s'enfuit, on court jusqu'à se faire attraper. C'est comme ça, ça changera pas. Même si on vit un jour sur Mars. Tu peux me croire.

— D'accord.

— Je te connais. Tu cours plus vite que n'importe quel gamin. Je t'ai vue plonger. Je sais que tu es une coriace. Une guerrière. Je le sais. Tu n'as rien à me prouver. Rien. Alors si tu veux pleurer tous les jours, je veux bien te consoler tous les jours. C'est une bonne chose, les larmes. Ça prouve que tout fonctionne. Mais je ne sais pas si on peut être heureux comme ça. Peut-être, peut-être pas. À toi de savoir. Moi, je pense qu'il y a autre chose. Une autre possibilité que la fuite.

Il posa sa grosse main sur la tête de sa fille.

— Et c'est quoi ? demanda Molly.

— À ton avis ?

— Courir plus vite.

— Le problème, c'est qu'il y a toujours quelqu'un qui court plus vite. Mon père disait souvent : y a toujours quelqu'un avec un plus gros poing. C'était peut-être pas une lumière, mais parfois, il avait raison.

— Quoi alors ?

Florentin Carver tapota la joue de sa fille.

— Faire face.

Le jour suivant, les trois garçons prirent de nouveau Molly en chasse.

— Tu sais ce qu'il a dit mon père hier, sur le tien ? demanda l'un d'eux.

Molly glissa les doigts dans le sac à dos pendu à son épaule et palpa la surface lisse du lambi qu'elle emportait à l'école depuis le début, mais n'avait encore montré à personne. Elle se répéta qu'après, elle irait au bord du fleuve et que tout s'arrangerait. Les garçons se rapprochaient.

— Que c'est un clodo qui sait même pas lire.

Molly voulait seulement que ça s'arrête et se dit que les mots ne sont que des mots. Elle allait courir.

— Un fils de pute. Et toi, t'es la fille du fils de pute.

Molly se figea. Un fils de pute, elle ne savait pas ce que c'était, mais elle ne pouvait plus faire un pas. Elle pensa à son père et à ses rides du bonheur. Elle fit volte-face.

— La ferme ! ordonna-t-elle.

— M-M-M-Momo ? Je la ferme, sinon quoi ? Tu vas aller chercher ton petit papounet ? Le FILS DE PUTE ?

Molly resta de marbre. Elle ne bouillonnait pas de colère, comme on dit souvent. Sa colère était froide et lucide. Elle tira le coquillage de son sac, fit deux pas vers le garçon, prit son élan. Le garçon riait.

— Tu fais, hé...

La main qui tenait le coquillage s'abattit sur la tête du garçon. Il s'effondra. Molly se baissa, un genou sur le torse de son adversaire, et frappa encore deux fois. Plus personne ne parlait.

Le père de Molly n'était pas chez eux ce jour-là, et il ne rentra pas non plus dormir. Molly n'en fut pas étonnée : quand on avait besoin de lui, son père passait parfois la nuit chez la famille qui l'employait. Molly se gava de tartines de marshmallow rose surmontées de tranches de banane et lutta toute la nuit pour ne pas s'endormir.

Le lendemain matin, la voiture de son père était garée sur le parking de l'école. À l'entrée, la secrétaire intercepta Molly et la conduisit dans le bureau de la directrice.

La directrice souriait. À côté d'elle, l'institutrice de Molly était assise sur une chaise, droite comme un *I*, à bonne distance du dossier. Elle ne souriait pas. De l'autre côté de la table, le père de Molly lui faisait face, en débardeur, la peau brunie par le soleil, les joues couvertes d'une barbe poivre et sel luisante – un homme bien trop imposant pour cette pièce, cette chaise et la table devant lui, qu'il semblait pouvoir briser rien qu'en posant la main dessus. Il régnait dans la pièce une odeur d'algues. *Tout ira bien maintenant,* se dit Molly. Il parlerait pour elle.

Son père la regarda furtivement, puis baissa les yeux.

Molly devait trouver le moyen d'ouvrir une fenêtre : dans cette pièce minuscule, son père risquait sinon de paniquer.

L'institutrice s'était lancée dans un long discours que Molly avait du mal à suivre, hypnotisée par ses cheveux bouclés. Elle se demandait s'ils étaient en plastique ou s'ils en avaient seulement l'air. L'institutrice rapporta qu'en trois semaines, Molly n'avait pas prononcé un seul mot, qu'elle était restée assise tout le temps. Sans jouer, sans jamais se manifester.

— Nous voulons tous ce qu'il y a de mieux pour toi, conclut l'institutrice.

— Mensonge, murmura Molly.

L'institutrice se leva d'un bond. Sa chaise bascula.

Molly vit son père tressaillir. Elle se faufila jusqu'à la fenêtre et l'ouvrit. Sous l'effet du courant d'air, quelques feuilles de papier s'envolèrent.

— Maintenant, tu vas m'écouter, ma petite demoiselle..., commença l'institutrice.

Florentin Carver se leva.

Il le fit lentement et dans le plus grand silence, on n'entendit pas une seule de ses articulations craquer ni même les pieds de sa chaise racler le lino gris.

L'institutrice se tut.

Une fois Florentin Carver debout, la pièce était plus sombre, son corps masquait la lumière d'un plafonnier. Il regarda l'institutrice comme s'il n'avait pas encore remarqué sa présence, s'approcha lentement d'elle et redressa la chaise qui était tombée.

— Allons, allons, du calme, dit la directrice. Monsieur Carver, vous pourriez peut-être demander à votre fille ce qui l'a poussée à mettre Ryan dans cet état ? Avant que nous n'en venions à parler des conséquences, nous aimerions quand même entendre sa version, n'est-ce pas ?

Le père de Molly regarda sa fille. Molly ne savait pas lire sur son visage, elle n'était pas douée pour ça, elle ne voyait que ses yeux sombres.

Il se taisait. Molly se concentrait sur le tic-tac de l'horloge.

— Vous vous appelez comment, madame ? demanda-t-il finalement, et le son profond de sa voix apaisa aussitôt Molly.

— Moi ? demanda la directrice.

— Non. L'autre.

— Madame Kittrell, répondit l'institutrice de Molly.

— Selon vous, madame Kittrell, qu'est-ce qu'il faut faire de ma fille ?

— Ce n'est pas à moi de trancher, monsieur, mais je crois que quelqu'un doit expliquer à votre fille qu'on ne peut pas toujours se terrer dans son silence. Je n'ai rien contre les élèves calmes. Et c'est vrai, elle n'a que six ans. Mais je ne suis pas sûre que notre école convienne à une fillette qui refuse tout bonnement de s'exprimer. De nos jours, il y a de très bons établissements pour les enfants comme Molly.

Florentin Carver hocha la tête.

— Il y a un temps pour se taire et un temps pour parler, dit-il doucement. Vous savez de qui c'est ?

— Aucune idée. Bob Dylan ?

— Presque.

Florentin Carver s'approcha de sa fille et, avant qu'elle ait pu réagir, il la souleva dans ses bras et l'emporta sans un regard pour les deux femmes. Il avait ouvert la porte du bureau de la directrice d'un geste si brusque que, plus tard, Molly entendrait dire qu'il avait troué le mur avec la poignée.

Dans la voiture, Molly demanda :

— Qui a dit qu'il y avait un temps pour se taire ?

— Le roi Salomon. Ancien Testament, L'Ecclésiaste, chapitre 3.

Molly Carver ne remit plus les pieds à la Rosendale Elementary School. Elle fut inscrite dans une autre école primaire, puis dans une autre encore. Son père la conduisait le matin jusqu'à la ville voisine. Elle apprit beaucoup, parla à peine, eut de bonnes notes et ne se fit aucun ami.

Le père de Molly ne chercha jamais à savoir pourquoi elle s'en était prise au garçon.

Après avoir changé d'école, Molly dit à son père qu'elle voulait un grand frère. Il la regarda longuement et annonça le jour même qu'il allait lui apprendre quelques petites choses. Pour commencer, il montra à Molly comment envoyer un uppercut. Malheureusement, on n'avait pas toujours un coquillage sous la main. Il lui montra comment faire démarrer une voiture sans la clef, comment pocher un œuf, se défendre avec un couteau, lever les filets d'un sandre, planter un clou dans un mur, comment crocheter une serrure et comment on danse l'east coast swing.

Pour les onze ans de Molly, il l'emmena voir une serre à papillons. Les lépidoptères étincelants, bleus ou jaune citron, voletaient de-ci de-là.

Florentin Carver expliqua à Molly qu'il l'appelait « p'tite teigne » parce que la teigne des abeilles était de tous les animaux du monde celui qui avait l'ouïe la plus fine.

Elle lui demanda pourquoi.

Il lui retourna la question.

Elle mit plusieurs jours à trouver une réponse.

— Pour entendre sa proie ? suggéra Molly.

— Le nectar des fleurs ? demanda-t-il.

— Mais elle entend qui, alors ?

Il lui caressa les cheveux.

Le soir où l'enfance de Molly vola en éclats pour de bon avait commencé par un *bucket* de poulet frit. Elle avait treize ans. C'était un dimanche d'hiver glacial. Molly et son père avaient roulé jusqu'au mont Joppenbergh pour rejoindre leur coin favori dans la forêt, un lac d'altitude isolé que son père appelait le « lac sorcier ». Ils avaient monté le sentier jusqu'au lac avec leur poulet et mangé à l'abri du vent, derrière un rocher.

Après le repas, le père de Molly l'observa un moment, et elle sut à son regard que quelque chose n'allait pas.

— Tu es une jeune fille merveilleuse, et je suis très fier de toi.

*Ça commence mal*, pensa-t-elle.

Il regardait au-dessus d'elle les sapins couverts de neige, de l'autre côté du lac.

— Il faut que je te dise quelque chose. À propos de l'avenir. OK ?

— OK.

— Je… Tu sais comme je suis fier de toi, pas vrai ?

— Tu t'en vas ?

Il fit craquer les jointures de ses doigts, s'y reprit à deux fois, s'interrompit, puis dit :

— Je suis malade. Je le sais depuis vendredi. Quand je perds l'équilibre, en fin de compte, c'est pas la fatigue. Je suis allé en ville pour faire ce test, là, et on m'a expliqué que j'ai cette maladie. C'est juste le début, pour l'instant je vais bien. Faut pas que tu t'inquiètes. Mais ça va se développer. Ça peut aussi aller très vite, d'après les médecins. Mais toi, faut pas que tu t'inquiètes, d'accord, p'tite teigne ? Je serai là pour toi, OK ?

— OK.

— On se serre les coudes. On fait équipe, toi et moi. T'es formidable, Molly. N'oublie jamais à quel point t'es formidable. J'aurais pas voulu avoir une autre fille que toi. Et je vais faire ce qu'il faut pour que tout aille bien.

— Ça va, papa.

À ces mots, ce fut comme si son père se brisait. Des larmes jaillirent et coulèrent le long de sa barbe. Molly ne voulait pas qu'il pleure, elle essuyait les larmes qui inondaient son visage, mais il ne s'arrêtait pas.

— Je suis tellement désolé, ma petite fille, disait-il, et son grand corps tremblait.

— T'inquiète, ça va.

— Non, ça va pas. Écoute… Les médecins m'ont dit de pas t'en parler, mais ils nous connaissent pas, ils savent pas comme t'es forte. Y a pas que moi qui suis concerné, tu vois. Tu sais ce que c'est, un gène ?

Molly secoua la tête.

— Moi non plus, pour être honnête, déclara son père avec un sourire furtif. Voilà, ce truc, ce qui provoque la maladie, eh bien, c'est possible que je te l'aie transmis. Je veux dire, c'est possible que tu attrapes aussi cette maladie. Pas demain. Mais peut-être à quarante ans. C'est possible. Et ce sera ma faute. Je ne le savais pas, à l'époque…

— C'est à cause de ça, m-m-mon bégaiement ?

— Non, p'tite teigne, répondit-il en lui caressant les cheveux. Tu bégaies, c'est tout, rien de grave. C'est pas important.

— D'accord, acquiesça-t-elle en posant la tête sur son épaule.

Il essuya ses larmes du revers de la main.

— Ça va, papa, insista-t-elle, certaine que tout irait bien puisqu'ils étaient ensemble.

— Je suis désolé. J'aurais voulu que les choses se passent autrement. Mais je vais prendre soin de toi. Promis.

— T'inquiète, papa. On rentre maintenant ? J'ai froid.

Au cours des semaines qui suivirent, ils mangèrent presque chaque soir du poulet frit, comme s'il n'y avait pas d'échéance à payer pour l'emplacement de leur caravane.

À la fin de la journée, ils allaient jusqu'à leur snack préféré, sur la route principale, et Molly pouvait commander tout ce qu'elle voulait. Parfois, ils prenaient encore au diner du centre-ville six pancakes aux myrtilles qu'ils partageaient – trois chacun –, et Molly avait le ventre trop plein.

Un de ces soirs, Molly, assise à côté de son père dans la vieille Coccinelle cabriolet, tenait contre elle le *bucket* en carton rempli de poulet frit. Le jour déclinait quand ils garèrent la voiture devant la caravane. Un homme était adossé à l'entrée, il portait des lunettes de soleil et une casquette dont il avait rabattu la visière. Plus tard, Molly tenterait mille fois de se rappeler son visage.

Ils sortirent de la voiture, et Molly tira son père par son blouson. Il se pencha vers elle.

— Lui, on lui donne pas de notre poulet, hein ? lui glissa-t-elle à l'oreille.

Il se mit à rire et posa sa grande main sur la nuque de Molly. Elle bégayait parfois aussi quand elle lui parlait, mais plus rarement. Il aplanissait toutes les montagnes.

L'inconnu ne riait pas.

Florentin Carver étendit une main devant sa fille, qui se cogna à lui.

— Rentre, p'tite teigne.

Jamais il ne lui avait parlé avec cette voix.

Peu après, Molly regardait les deux hommes par l'une des fenêtres de la caravane sans entendre leur discussion. Elle engloutissait un morceau de poulet après l'autre. Et puis elle vit que son père pleurait. Elle resta un moment immobile à observer la scène.

Après quoi elle sortit et se planta entre son père et l'étranger.

— Va-t'en, dit-elle.

— Votre fille, je suppose ?

Molly ne pouvait que chuchoter, parler n'était plus possible.

— Pars.

Elle agrippa les passants du jean de son père.

— Bien sûr, dit l'inconnu.

Il salua le père de Molly et s'éloigna en direction du centre-ville sur le sentier recouvert d'une fine couche de glace.

Florentin Carver saisit Molly par le bras et l'entraîna dans la caravane.

— Prépare tes affaires, p'tite teigne, et mets ton bonnet bien chaud.

Il bourra des vêtements dans une vieille valise marron. Molly ajouta quatre livres, le gros coquillage et le bout de verre bleu qu'elle avait trouvé sur la plage.

Ils partirent vers l'est, laissant le soleil derrière eux.

Sur l'Interstate, Molly baissa la vitre et vomit par la portière. Ils continuèrent de rouler. Quand Molly se mit à frissonner, son père l'enveloppa dans son blouson en cuir.

Elle lui dit qu'elle voulait rentrer chez eux, et il chanta *Return to Sender*, d'Elvis. Molly riait.

Deux heures plus tard, la Coccinelle arrivait dans le Queens, à New York. Molly refusa de descendre du véhicule, et son père la prit sur ses épaules alors qu'elle était déjà trop grande pour ça. Il la reposa par terre devant un escalier menant au sous-sol où logeait l'oncle de Molly. Les marches, constellées de mousse, sentaient la pierre humide. Florentin Carver retira la chaîne qu'il avait autour du cou en la faisant passer par-dessus sa tête. Un petit cœur en plastique rouge foncé y pendait.

— Je sais, c'est le collier le plus moche de l'Univers, mais il te protégera pendant que je ne suis pas là, dit-il, alors tu y fais attention.

Il le tendit à Molly, qui secoua la tête.

— T'as qu'à y faire attention toi-même !

Il rit et lui passa le bijou autour du cou. Puis il lui remit une enveloppe.

— C'est pour Mick. Et tu l'ouvres pas !

— Tu t'en vas, papa ?

— Promets-moi de rester assise ici jusqu'à ce que Mick arrive.

— Tu t'en vas à cause de…

*À cause de moi ?* voulait-elle demander, mais elle savait d'avance que le mot resterait coincé.

— Tu t'en vas à cause de…

— Promets-le-moi, Molly.

Elle acquiesça. Il posa un baiser sur ses cheveux.

— Je te connais, p'tite teigne. Pas de bêtises, compris ? Pas de plan en solo. Juste cette fois.

Et il partit, sans se retourner.

Molly eut l'impression que l'air lui manquait alors qu'elle respirait de plus en plus vite. Elle ne se sentait entière qu'avec son père, elle ne pouvait imaginer une vie sans lui. Alors, elle se leva d'un bond et courut jusqu'au coin de la rue. Elle vit des passants, des voitures, des immeubles gigantesques, des panneaux clignotants, un restaurant de tacos baptisé « Le Boss du taco », poussa plus loin, vit d'autres immeubles, plus gigantesques encore, et le fleuve. Elle ne l'avait jamais vu aussi large.

Molly rebroussa chemin, s'assit dans l'escalier couvert de mousse et passa ses bras autour de ses genoux.

— T'inquiète, il va revenir, dit-elle à mi-voix, mais il n'y avait personne pour l'entendre.

Dressée devant elle, la solitude était déjà la plus haute de toutes les montagnes.

Molly prit l'enveloppe que son père lui avait donnée et l'ouvrit.

L'écriture était difficile à déchiffrer.

*Hé Mick, je te demande pardon. S'il te plaît, ne croie pas tout ce que tu liras dans les journaux. Prends soin de ma p'tite teigne. C'est une peste, mais elle est des nôtres.*

*Ton frère*

⋆

Dix ans et une condamnation à mort plus tard, Molly Carver était de nouveau assise sur l'escalier en pierre, les bras autour de ses genoux.

Le bar du rez-de-chaussée jouait de la musique rock, Molly caressait l'un des chats en buvant une canette de bière, Mick dormait déjà.

Elle tapa le nom de son père sur Google, consciente qu'après, elle se sentirait plus mal qu'avant, et cliqua sur le premier article proposé :

*Justice*

*Le gouverneur de Pennsylvanie a annoncé la date fixée pour l'exécution de Florentin Carver, condamné à mort par un grand jury après avoir avoué le meurtre de Casper Rosendale.*
*Les parents de la victime, Jonathan et Tiffany Rosendale, sont connus pour leur activité de lobbyistes pro-armes au sein de la National Arms Association (NAA), considérée comme l'un des organismes les plus influents au monde en la matière. Par le passé, le couple Rosendale a régulièrement organisé des galas en faveur de cette cause controversée.*
*La famille Rosendale, originaire de la ville du même nom, dans la vallée de l'Hudson (New York), est réputée pour être l'une des plus fortunées des États-Unis. Elle a bâti son empire sur une entreprise cimentière, qui lui aurait valu à une époque d'être plus riche que les Rockefeller. Le ciment Rosendale a notamment servi à construire le pont de Brooklyn, le socle de la statue de la Liberté, Carnegie Hall, le Capitole et le barrage Hoover.*
*Au moment des faits, Carver travaillait comme mécanicien au service des Rosendale.*
*Plusieurs associations de défense des droits de l'homme ainsi que différentes célébrités avaient demandé sa grâce, notamment en raison de l'état de santé de Florentin Carver, qui souffre de la maladie de Huntington, une affection neurodégénérative incurable.*
*Au début de l'année, le cas Carver avait ainsi fait la une des journaux alors que Miley Cyrus s'était engagée en faveur du condamné, en posant seulement vêtue d'un string sur lequel était écrit « Grâce pour F. Carver ».*

*Jonathan Rosendale, le père de la victime, s'est opposé à plusieurs reprises à un recours en grâce.*
*Florentin Carver doit être exécuté par injection létale. Il s'agit de la première mise à mort prévue dans l'État de Pennsylvanie depuis 1999. L'exécution est fixée au 2 juillet de cette année.*

Molly posa son téléphone portable près d'elle, sur les marches.

Trente-quatre jours avant l'exécution.

Elle savait que ça inquiétait Mick qu'elle enfreigne sans arrêt les règles. Il était celui qui lui avait offert un refuge quand il n'y avait plus personne d'autre. Celui qui lui avait acheté ses premiers tampons, qui avait maintenu ses cheveux en arrière à sa première cuite, pendant qu'elle vomissait un jet bleu curaçao dans la poubelle. Molly ne voulait pas le décevoir.

Mais son père était son père.

Elle attrapa son portable et tapa un message pour Juliette.

MOLLY : C'est d'accord.

# DEUX

# FLORENTIN CARVER

*Chère Molly,*

*La nourriture est moins mauvaise que je l'aurais cru, et on me permet de lire et de garder une photo de toi. Elle est collée sous la fenêtre à barreaux qui donne sur la petite cour intérieure. Parfois, il y a même quelques rayons de soleil qui entrent dans la cellule, comme maintenant en été. Mais tu sais quoi ? Je me lève chaque matin de bonne humeur. Je suis vraiment content de ne pas devoir finir comme un légume trop cuit. La piqûre ne fait pas mal, à ce qu'on m'a dit. Je sais que tu vas t'en sortir. Je le sais avec certitude, tout comme je sais qu'après vingt-neuf, il y a trente, même si à l'époque, tu ne voulais pas me croire, quand on était assis sur le muret au fond du* trailer park, *derrière la caravane de Señor Sanchez. Tu te souviens ?*

*Un jour, je t'enverrai une de ces lettres. Mais je ne sais pas encore quand j'en aurai le courage.*

# MOLLY

*Trente-et-un jours avant l'exécution*

Au petit matin, Molly descendit du bus. Elle inspira une bouffée de cet air dont elle n'avait jamais oublié le parfum.

Rosendale.

Ce n'était pas seulement le nom de famille de Casper, le garçon assassiné, ou celui des gens chez qui Molly allait travailler. C'était aussi le nom de la commune.

Molly s'était souvent interrogée sur le degré d'égocentrisme qu'il avait fallu aux ancêtres de cette famille pour donner leur propre nom à leur colonie plutôt que de la baptiser Silverrock, Springfield ou Greenville.

Rosendale, comté d'Ulster, État de New York, États-Unis. Code postal : 12472, population : 6 075 habitants. Une rue principale, un établissement d'enseignement secondaire, sept églises.

Une petite ville américaine, célèbre pour son festival international de cornichons.

Un endroit qui sentait l'immensité de la forêt, le bacon et la petite bourgeoisie. Molly n'avait pas remis les pieds ici depuis dix ans.

Elle avait beau y avoir grandi, elle se sentait déjà comme une intruse à Rosendale.

Elle tourna à gauche dans la rue principale. Les façades pourvues de vastes vérandas rappelaient un peu les vieux westerns, sauf qu'à Rosendale les maisons étaient peintes dans des tons accueillants de bleu, jaune et rouge, comme si chacune voulait faire oublier que la ville avait été le théâtre d'un crime.

La propriété de la famille Rosendale était située en dehors de la ville, au bord d'un lac. Le mur de clôture commençait déjà à plus d'un kilomètre de l'entrée et mesurait trois fois la taille de Molly.

Elle aperçut le portail de loin. La grille en métal noir, surmontée de pointes dorées, devait bien atteindre les trois mètres de haut. Elle était fermée. Pas de sonnette en vue.

Si tôt déjà, la chaleur stagnait entre les cyprès qui bordaient le mur.

Molly portait ses affaires dans un sac à dos. Avant de partir, elle y avait encore bourré à la hâte le courrier qu'elle n'avait pas ouvert, la lettre de l'association qui lui versait de l'argent et celle du laboratoire avec les résultats de son test génétique.

Molly essayait de ne pas y penser. L'impression de faire face à sa propre condamnation à mort.

Où pouvait bien être cette putain de sonnette ?

Molly longea la haie, inspecta le mur.

Elle poussa un cri.

À quelques mètres du portail, un homme gisait à terre.

Molly vit qu'il respirait profondément et fut rassurée en constatant qu'il n'était pas mort. Qu'est-ce qui clochait chez elle pour qu'en voyant un homme à terre, elle pense d'abord au pire ? Elle approcha. Il était allongé à côté d'une flaque de vomi séché et d'une bouteille de whisky à moitié vide.

Il avait dû l'entendre venir. Il se redressa.

Ses yeux vitreux tout collés de sommeil se posèrent sur Molly. Pendant quelques secondes, il chercha ses repères.

— Quoi ? demanda-t-il ensuite.

C'était un jeune homme, dix-huit ans environ, les cheveux noirs en bataille, vêtu d'un jean crotté de terre et d'un T-shirt sans doute blanc deux jours plus tôt. Il empestait le vomi, la sueur et l'alcool. Il était pieds nus, et ses chaussures avaient disparu.

Un matin comme les autres à Rosendale.

— Ça va ? demanda Molly.

Il grogna et marmonna quelque chose, peut-être « Barre-toi », mais Molly se dit qu'elle pouvait se tromper, et de toute façon, il valait mieux ne pas chercher d'embrouilles.

Il avait un coquard à l'œil droit et la paupière gonflée. Si son jean n'avait pas été aussi bien coupé, il aurait pu passer pour un clochard. Un instant, Molly s'inquiéta qu'il puisse appartenir au clan Rosendale. Elle aurait voulu lui demander ce qu'il faisait là, allongé par terre, mais c'était le genre de questions qu'elle-même détestait.

— Tu sais où est la sonnette ? demanda-t-elle à la place.

— Quelle sonnette ?

Molly montra le portail.

Il haussa les épaules.

— Bon, fit Molly, et elle tourna les talons.

Il lança encore :

— Pourquoi tu veux sonner, d'abord ?

Elle l'ignora.

— Hé, j'te parle !

— Je travaille ici, dit-elle.

— Chez les Rosendale ?

Molly acquiesça.

— T'as bien la tête de l'emploi, déclara le garçon.

Molly respira un bon coup.

Elle n'allait pas chercher des poux à ce clodo. C'était son plan, en tout cas. Son espoir.

Elle retourna jusqu'au portail et chercha une sonnette à proximité. Au bout de quelques minutes, le garçon sortit des buissons et vint s'appuyer contre le mur, près d'elle. C'était un grand gars longiligne, presque l'air de ne pas manger à sa faim.

— T'es lesbienne ou quoi ?

— Pardon ?

— T'aimes les filles ?

— C'est quoi, cette question ?

— Comme ça. À cause de ta coupe. Bref. Domestique ?

Molly l'ignora.

— Tu réponds quand on te parle ?

Il fit un pas vers elle.

Elle se figea.

— Je t'aurai arraché les couilles avant que t'aies compté jusqu'à deux !

Il recula et hocha la tête avec un sourire.

— T'es sûre de ça ?

— Tout à fait sûre.

Ce type commençait à lui taper sur les nerfs.

— Tu fais le ménage ?

Elle ne répondit pas.

— Hé !

— C'est pas ça.

— T'as la tête, pourtant.

Molly se demanda si c'était vrai. Elle constatait avec une sorte de malaise que la voix du garçon n'avait rien à voir avec son physique, ses manières. De ce type bancal provenaient comme d'un instrument de musique des notes profondes, mélodieuses. Il se gratta la tête et regarda derrière Molly le soleil encore bas dans le ciel. L'iris de ses yeux, presque noir, semblait ne faire qu'un avec la pupille. *Pas mal*, pensa Molly, et elle se le reprocha aussitôt.

— Écoute, la môme, commença-t-il, et Molly tressaillit à ce surnom. Ici, c'est chez les Rosenhill. Lobby des armes. À ta place, j'irais pas les emmerder.

— *Dale*, le corrigea-t-elle.

— Chiures.

— Ah ouais ? fit Molly, sans être certaine de ce qu'il voulait vraiment dire.

Après tout, il pouvait peut-être l'aider. Il souriait. Une feuille était restée accrochée dans ses cheveux.

— Personne les connaît ici. Ils restent entre eux. La mère Rosenhill : ex-enfant star accro aux benzo, une sale vipère avec un double acouphène chronique, à cause d'un accident au stand de tir, mais ça, personne le sait, bien sûr. Depuis, elle supporte plus le moindre bruit. Tout le monde doit chuchoter en sa présence. Elle est pas là en ce moment. T'as de la chance. J'te jure, elle vient tout droit des enfers ! Vaut mieux que tu l'évites. Et alors le père Rosenhill, la quintessence du snob, genre je suis Dieu sur terre. Un dingue des armes, NAA jusqu'au bout des ongles. Clairement, une ordure. Mais le pire, c'est le fils Rosenhill, Joe, ou un truc comme ça. Noel, peut-être. Le raté par excellence. Il a même pas fini le lycée. Un fantôme, le gars. De lui, on sait quasiment rien. Et toi, tu t'appelles comment ?

— Eli, répondit Molly.

— Tu viens faire quoi ici ? Sans blague.

— La bonne. À partir d'aujourd'hui. Sans blague.

Il partit d'un grand rire convulsif qui le renversa presque. Un gloussement comique, au fond, qui aurait fait rougir Molly alors que, visiblement, le garçon se fichait bien de ce qu'on pouvait penser de lui.

— La bonne des Rosenhill. Ouah. Sincères condoléances ! dit-il, gloussant encore.

— Trop gentil.

— Et t'arrives pas à rentrer.

— On dirait.

— Tu paries que je peux ouvrir le portail ?

Le genre de petits jeux que détestait Molly. Elle secoua la tête.

— OK, tu me donnes quoi si j'y arrive ?

Elle garda le silence.

— Tu pourrais par exemple me tailler une bonne grosse pipe.

Molly expira lentement.

— OK...

— Quoi ?

— Sors ton m-m-machin.

— Comment ça ?

— J'te taille une pipe.

— Holà, je plaisantais ! Ce délire... On a un peu de mal avec les limites, on dirait ?

Molly se taisait.

Le garçon parut un instant déstabilisé, puis il reprit son air narquois et dit :

— OK, j'ai une meilleure idée. Dis juste : « Sésame, ouvre-toi, Rosenhill. »

Elle se taisait toujours.

— Allez, quoi !

— Après, tu te casses ? répondit-elle enfin.

— Après, je vais me coucher, promis.

— Sésame, ouvre-toi, dit Molly.

— *Rosenhill*, précisa le garçon.

Molly bégayait sur les R. Elle savait qu'elle ne pouvait prononcer correctement ni Rosenhill, ni Rosendale.

Elle secoua la tête.

— À ta place, je réfléchirais à deux fois avant de travailler pour ces monstres, ajouta le garçon, et soudain il semblait tout à fait sobre.

Il la regarda dans les yeux d'un air grave. Son sourire idiot avait disparu.

De sa poche, il tira un trousseau de clefs auquel était pendu un boîtier en plastique noir, pourvu d'un bouton sur lequel il appuya. Il essuya sa main droite sur son T-shirt, la tendit à Molly, s'inclina et lui fit un baisemain, avec tant d'aisance qu'elle sut tout de suite qu'il l'avait déjà fait mille fois.

— Mes hommages, madame. Joel, pour vous servir. Je vous souhaite la bienvenue au château Rosenhill !

Joel Rosendale, pieds nus, foulait d'un pas titubant le sable jaune de l'allée bordée de rosiers.

Derrière lui, Molly était contente qu'il ne puisse pas voir son visage écarlate. La démarche du garçon, même si elle flanchait un peu par moments, avait quelque chose de léger, comme s'il était habitué à ce qu'on se pousse pour le laisser passer.

Les Rosendale habitaient une villa immense, idyllique, logée dans un écrin de gazon vert tendre. Un bardage en bois gris couvrait la façade, la véranda était en marbre blanc. Molly n'avait jamais mis les pieds dans la propriété du temps où son père y travaillait, elle s'était contentée de jeter quelques regards furtifs par la grille.

Joel bifurqua sur un chemin et se dirigea vers une maisonnette en briques rouges surmontée d'une verrière, un peu à l'écart.

— Ce que j'aime l'été ! lança-t-il.

Molly s'étonna de ce soudain changement d'humeur. Elle respira le parfum des fleurs en se demandant comment le monde pouvait être à la fois si beau et si hideux.

Un homme apparut sur le balcon, au premier étage de la villa. M. Rosendale. Molly le reconnut aussitôt.

Une vague de souvenirs la submergea.

Molly a quatorze ans.

Dans la salle d'audience.

Son père est assis à une table, menottes aux poignets. Molly est au premier rang. Quelques jours auparavant, les avocats de la famille Rosendale l'ont pressée de questions. Ils lui ont demandé tant de fois si elle savait où son père avait passé la nuit qu'elle ne sait plus rien. M. Rosendale, présent dans la salle d'audience, ne la quitte pas des yeux.

À présent, tel un monument, il se dressait devant elle dans la lumière du soleil, en pantalon crème sans pli et veste en lin, le cou cravaté.

Il ne faisait pas ses soixante ans passés, Molly s'en aperçut même de loin. Il était grand et se tenait bien droit, avait le teint bronzé, les cheveux noirs, épais, avec une raie sur le côté. Il devait pratiquer l'un de ces sports bons pour la santé, de l'aviron peut-être. Ou alors il cavalait sur un poney de polo.

Molly sut immédiatement qu'il avait vu, lu, construit et détruit plus qu'elle.

Elle n'était qu'une enfant à l'époque du procès et avait changé de coupe depuis : jusque-là, elle avait eu la certitude qu'on ne pouvait pas la reconnaître. Maintenant, elle n'en était plus si sûre.

— JOEL ! hurla M. Rosendale.

Sa voix était si puissante que quelques oiseaux perchés dans les rosiers s'envolèrent.

Joel poursuivit son chemin d'un pas traînant, mais Molly l'avait vu tressaillir.

— OÙ EST-CE QUE TU ES ENCORE ALLÉ TRAÎNER ? ET C'EST QUI, ÇA ?

Joel continua jusqu'à la maisonnette en briques. Molly se demanda un instant si elle devait d'abord aller se présenter à M. Rosendale, mais elle avait la bouche sèche rien que d'y penser. Elle aurait tout le temps plus tard, décida-t-elle, tout en se maudissant de manquer ainsi de courage. Elle suivit Joel, qui ouvrait la porte.

— Avant, c'était l'orangerie… Putain, qu'est-ce que c'est beau, cette lumière !

Il avait la voix triste à présent, bien plus douce. Il ne souriait plus.

— Notre mécano a eu ses affaires ici pendant un moment.

Molly sentit ses jambes se dérober.

L'ancienne serre était si vide, les murs, si hauts, que même les pas de Molly, chaussée de baskets, y résonnaient. Des fissures striaient le sol en béton. L'air s'engouffrait par les lucarnes du toit en verre et chatouillait le nez de Molly. Un vieux climatiseur ronflait au coin d'une fenêtre. À l'autre bout de la pièce se dressaient quelques citronniers et un lit étroit. Molly s'avança et effleura d'une main les feuilles lisses des citronniers, le matelas.

Était-ce là que son père se reposait ?

Elle passa dans la pièce attenante, une petite salle de bains avec un miroir et une douche. Un instant, Molly pressa son front contre les carreaux froids. Comment se servir du fils Rosendale ? Il fallait trouver un sujet de conversation, mais elle était tout, sauf douée pour ça.

Quand elle sortit de la salle de bains, Joel était assis sur le lit.

— Y a un problème avec ton père ? demanda-t-elle.

Il leva les yeux et la regarda, impassible.

— J'te donne une semaine, dit-il.

— Une semaine pour ?

— Avant qu'il te mette à la porte ou que t'abandonnes.

— OK.

— Tu me tapes déjà sur les nerfs, constata-t-il.

— Qu'est-ce que je t'ai fait ?

Joel se leva en se hissant au montant du lit, puis contempla ses pieds nus. Molly savait qu'elle devait dire quelque chose pour le retenir. C'était maintenant qu'il pouvait lui être utile. Et l'occasion de s'entretenir avec un Rosendale encore éméché ne se représenterait pas de sitôt.

— T'as boxé ? demanda-t-elle.

Il la regarda sans comprendre.

Elle pointa un doigt sur son coquard.

— On m'a boxé, précisa-t-il.

— Et l'autre, il a quelle tête ? demanda Molly avec un sourire factice.

Quelle remarque débile.

Il eut une courte hésitation, mais ne sourit pas, se retourna et sortit.

Une fois la porte refermée derrière lui, Molly prit un comprimé dans le tube qu'elle portait sur elle et le croqua.

Par la fenêtre, elle suivit des yeux Joel qui traversait la pelouse pour rejoindre la maison. Il avait l'air de s'affaisser sur lui-même à mesure qu'il s'en approchait.

Molly se demandait à quoi pouvait ressembler une enfance dans un lieu pareil. Le matin, quelle impression ça faisait de descendre l'escalier en marbre dans des chaussures cirées et d'être conduit à l'école ? Est-ce qu'on partait avec un sac en papier et, dedans, un sandwich au beurre de cacahuète et à la confiture ? Ou bien c'était réservé aux pauvres ? Est-ce qu'il y avait, debout sur le perron, une mère qui agitait la main ?

# CASPER

*Dix ans plus tôt*
*Quatre-vingt-dix jours avant sa mort*

Les grandes vacances touchaient à leur fin, mes taches de rousseur et mes hormones étaient en folie, et je transpirais les peurs et les espoirs que la vie réserve à un garçon de seize ans.

Pendant des semaines, Joel et moi avions passé notre temps à pêcher ou à lézarder dans la chaleur du mois de juillet sur la terrasse en marbre froid, entre deux virées dans le vieux cabriolet décapotable de notre père, sans but précis. Les parents étaient occupés tout l'été à organiser un gala de bienfaisance, et ravis de ne pas nous avoir dans les pattes.

Un jour, on s'était fait arrêter parce que je roulais trop vite et qu'on n'avait pas mis nos ceintures. Joel était debout sur le siège passager à danser sur un morceau de Jay-Z.

La policière a pris un air pincé en approchant de ma portière. Mais après avoir examiné mes papiers, elle nous a seulement conseillé d'être prudents. Je lui ai demandé si elle ne voulait pas nous coller une amende. Elle a eu un sourire mal assuré.

Et elle s'est excusée pour le dérangement.

Pendant quelques secondes, j'ai même eu peur qu'elle fasse une révérence. Joel a rigolé, et la policière nous a laissés partir.

Maintenant, je pourrais raconter que j'ai toujours souffert de ce nom. Que les bals de l'hiver, de l'été ou de l'automne étaient d'une décadence à crever d'ennui, que la servilité des gens du coin me mettait affreusement mal à l'aise, et qu'il y avait de quoi rager à lire les ragots dans la presse people. Mais tout cela me semblait plutôt normal.

L'argent ne rend pas triste, il n'y a que ceux qui n'en ont pas pour dire une chose pareille. Ce qui rend triste, ce sont les gens.

J'aimais les vieilles voitures stationnées à l'abri dans nos garages, le Hopper pendu à un mur de la salle à manger, le Rothko dans la salle de bains d'invités, au rez-de-chaussée, les parties de chasse, j'aimais notre cuisinière galloise, les cours de danse et les soirées qui unissaient des femmes en robes de soie à des hommes soucieux de passer inaperçus à côté d'elles.

Je jouais au tennis sur notre terrain privé en terre battue et je mangeais des sandwichs caviar, crème fraîche et échalotes sans rien y voir d'exceptionnel. J'avais aussi un faible pour les sandwichs au beurre de cacahuète et au caviar, ce que notre cuisinière avait un jour qualifié de crime contre l'humanité.

Notre mère insistait pour que je ne porte que des chemises blanches au lycée, que notre bonne amidonnait et suspendait le soir à l'encadrement de ma fenêtre.

J'aimais les après-midi où des invités venaient prendre le thé, quand toute la maison embaumait les scones et que la cuisinière nous en montait une fournée en cachette. J'aimais les tournois de polo et courir sur le terrain pendant les pauses pour combler les trous du gazon. J'aimais notre loge au Metropolitan Opera, d'où je pouvais observer les spectateurs en m'imaginant le temps d'une soirée que j'étais quelqu'un d'autre et que je rentrerais chez moi en métro à Harlem, dans un petit appart au cinquième étage d'une tour.

J'aimais les vacances d'été, la villa de Long Island, l'odeur du sel marin et le homard au beurre persillé. La chantilly sucrée sur les glaces, à Rome. J'aimais Paris en juin et les macarons Ladurée, surtout ceux à la pistache.

J'aimais rêvasser pendant les six heures de cours de la journée, sans me soucier de savoir si j'obtiendrais plus tard une bourse pour étudier à Yale. Le doyen de la faculté était un ami de mon père et venait parfois à la maison. Je n'avais pas de souci à me faire.

Quant aux autres élèves, ils m'étaient tellement étrangers que par peur de dire une bêtise, je n'ouvrais quasiment jamais la bouche. Dans mes petites chemises blanches débiles, je me contentais d'observer ce qui se passait. Je n'avais pas d'amis, pas de petite amie.

La première année au lycée, après un match de football, une fille de terminale m'avait suivi sur le parking pour savoir si je voulais l'accompagner au bal de fin d'année. « Moi ? » ai-je demandé. Elle a ri aux éclats, répondu que j'étais tellement réservé, que c'était mystérieux et que toutes les filles de l'équipe de softball voulaient aller au bal avec moi, mais qu'elle, promis juré, était la plus chaude de toutes.

Elle m'a demandé si je viendrais la chercher dans notre Bugatti et si je voulais voir ses seins.

J'avais l'impression que personne ne me voyait tel que j'étais. Mauvais au tennis, pêcheur médiocre, rêveur, lâche. Personne n'était aussi lâche que moi, je crois. Seulement, j'avais la chance de pouvoir dissimuler mes faiblesses derrière des chemises taillées sur mesure et un menton haut.

À la pause, je n'osais même plus passer à la cafétéria de peur d'être abordé par les joueuses de l'équipe de softball. J'étais persuadé qu'elles se moquaient de moi. Le bal de fin d'année, je n'y suis jamais allé.

Mon père m'avait dit cet été-là qu'il ne fallait pas donner aux autres le sentiment que je me considérais comme supérieur. Pourquoi il était parti là-dessus, je n'en sais rien. Je ne me considérais pas comme supérieur. C'était même plutôt le contraire, j'avais l'impression d'être en sucre, et que tout le monde devait constamment me traiter avec égards, mais j'avais écouté mon père avec attention parce qu'il ne me parlait pas souvent.

On avait fait une partie de tennis. Après, assis sur le banc à côté du terrain avec nos chaussures rougies par la terre battue, on avait bu un gin-tonic, et mon père m'avait expliqué qu'un lion ne se baladait pas non plus dans la savane en racontant aux antilopes qu'il pouvait les dévorer.

J'avais eu un petit rire sans trop savoir si mon père plaisantait, mais il s'était contenté de me regarder, alors j'avais hoché la tête sans un mot.

Est-ce que je me suis senti seul ?

À un moment, oui.

Le matin de la rentrée, après ces vacances, Joel a passé sa tête bouclée par la porte de ma chambre en me fixant de ses grands yeux noirs. Il venait souvent me rejoindre le matin et s'allonger près de moi. À sept ans, il avait passé l'âge, on le savait bien tous les deux, mais sans rien en dire, j'aimais le sentir contre moi comme une petite bouillotte. Je le repoussais malgré tout et lui tirais les cheveux jusqu'à ce qu'il renonce et s'allonge par terre à côté du lit.

Joel était un garçon singulier, trop maigre, trop bruyant, incapable de rester tranquille, même dans son sommeil. Un diable de Tasmanie bienheureux avec une tête bouclée. Il n'avait pas son pareil pour perdre ses affaires, jusqu'à son cartable, mais ça ne le contrariait jamais. Et il avait le don de casser tout ce qui lui tombait entre les mains. Il avait beau manger, cela ne suffisait jamais à faire taire sa faim, pas plus que l'affection qu'il recevait ne suffisait à satisfaire ses besoins. Quelque chose fonctionnait autrement dans le cerveau de Joel, mais mes parents avaient évoqué tellement de diagnostics différents que je ne savais plus s'il était hyperactif, bipolaire ou hypersensible. Notre mère lui donnait des médicaments. C'était sa réponse à ses maux.

Joel était fatigant, même pour moi, mais il prenait un plaisir incroyable à être en vie, et c'est ce que j'aimais le plus chez lui. Comme si la vie était une orange que Joel, par peur de perdre ne serait-ce qu'une goutte de jus, tentait d'avaler chaque jour d'un seul coup.

Il adorait tout ce qui était sucré, le basket, les cowboys, les révolvers, Floflo, le soleil, la neige, la chantilly, les pêches, les bolides, Eminem, Kanye West. Il se levait le matin, radieux. Je l'enviais pour sa légèreté et parce qu'il n'avait peur de rien.

La cuisinière a appelé depuis l'étage inférieur. Notre mère devait être absente, sans quoi elle n'aurait pas osé hausser la voix.

Je me suis levé et je suis allé me laver le visage à la salle de bains. Puis, en enfilant une chemise blanche propre et repassée, j'ai donné à Joel un petit coup de pied dans les côtes pour le réveiller.

— Debout, la marmotte.

— Pourquoi ?

— C'est la rentrée.

— J'ai pas envie.

— Personne n'a envie d'aller à l'école, abruti.

— Je déteste l'école.

— Oui, eh ben t'as pas le choix. Allez, prépare-toi. Tu pourras te mettre debout sur le siège quand on sera dans la forêt.

— C'est vrai ?

Je suis descendu à la cuisine, j'ai embrassé la cuisinière sur la joue, pris les sacs en papier kraft avec nos sandwichs au beurre de cacahuète, et je suis allé sortir la voiture.

J'ai dû appeler Joel trois fois sur son téléphone avant qu'il daigne enfin montrer son nez. Il portait sur la tête un chapeau en poil de chameau et à la main un révolver si lourd qu'il parvenait à peine à le tenir. Joel adorait jouer avec les armes déchargées de nos parents. C'était peut-être la seule chose qu'ils aimaient chez lui.

Notre mère le suivait, en peignoir, cherchant apparemment à le convaincre de quelque chose. Elle était donc là, en fin de compte. Et elle semblait furieuse, une fois de plus.

Elle a retenu Joel par la manche. Quelque chose s'est serré dans ma poitrine. Avant que je puisse descendre de la voiture, Joel s'était arraché à son emprise. Il a couru à la voiture, sauté sur le siège passager et refermé la portière.

— Qu'est-ce qu'elle veut ? ai-je demandé.

— Mon chapeau.

— Le chapeau de papa. Faut dire qu'il est vraiment moche.

Debout dans la véranda, notre mère nous regardait, me regardait, dans l'attente que je me rallie à sa cause.

— Mets ta ceinture, ai-je dit.

Dans le rétroviseur, j'ai vu notre mère tressaillir quand Joel a envoyé Kanye West à fond dans les enceintes du cabriolet, et j'ai démarré.

J'ai déposé Joel à l'école, récupéré le révolver que j'ai glissé dans le vide-poches, et continué jusqu'au lycée. J'ai passé une heure à dormir les yeux ouverts en français et une autre à m'ennuyer en latin, puis je suis allé en cours d'histoire.

Je l'ai vue avant même qu'on commence et je me suis dit : c'est la plus belle fille du monde. Après ça, je n'ai plus rien pensé pendant un bout de temps.

Dans la salle de classe flottait l'odeur épicée et résineuse de la marijuana, qui, plus tard, m'évoquerait toujours son souvenir.

Elle était petite, avec des cheveux noirs et des formes pleines, on aurait dit qu'elle s'était échappée d'un tableau de Botticelli pour venir jusqu'ici. Sa peau mate était constellée de taches claires. Un défaut de pigmentation, comme je l'apprendrais ensuite, un vitiligo, et Lou dirait alors que c'était quelque chose qu'elle aimait chez elle, ce vitiligo.

La sonnerie a retenti, et la prof a fait les présentations. Lou Livingston. Nouvelle venue à Rosendale. Un événement, donc, puisqu'à Rosendale, il n'y avait jamais rien de nouveau. Et maintenant, il y avait Lou. Son père avait repris le bar de la rue principale. Nous devions nous montrer bons camarades.

La prof a ajouté que Lou pouvait aussi nous en dire un peu plus sur elle si elle en avait envie. Lou s'est tournée vers nous et a regardé tout le monde. Elle avait les yeux rouges et un sourire un peu béat. Elle restait silencieuse.

— Allez, on ne te mordra pas ! Parle-nous un peu de toi, a insisté la prof.

Lou a eu l'air de réfléchir sérieusement à la proposition.

— D'accord. Alors, la connexion Internet est pourrie ici, les bagels ont le goût de la sciure, et le truc pour laver les sols du bahut sent le sperme. Dès que je peux, je me casse à Santa Fe pour ouvrir un bar. Mais c'est cool de vous rencontrer !

Elle a regardé la prof. Quand Lou avait prononcé le mot « sperme », le sourire de la prof s'était évanoui brutalement.

— C'est bon ? a demandé Lou.

Elle s'est assise au premier rang, a empilé ses livres et posé la tête dessus.

Je n'avais encore jamais vu une fille habillée comme ça. Elle avait retroussé trois fois le bas de son jean, et il était si large à la taille que je voyais l'élastique de sa culotte noire. Sa chemise en flanelle était deux fois trop grande, avec des manches tellement longues que les mains de Lou y disparaissaient.

J'étais assis juste derrière elle et je fixais ses cheveux noirs et frisés. Je sentais le parfum merveilleux du shampoing pour filles et du cannabis.

Au bout d'environ une demi-heure, Lou a levé la tête, s'est retournée vers moi et a dit tout haut :

— Quoi ?

La prof a aussitôt interrompu le monologue qu'elle avait tenu jusque-là.

J'étais si surpris que je n'ai pas su quoi répondre.

— Rien, ai-je dit.

— Alors, arrête de mater, a rétorqué Lou.

J'avais les yeux rivés sur les boutons de sa chemise en flanelle, le cinquième en partant du haut n'était pas boutonné et, dessous, j'ai entrevu les taches blanches de sa peau brune.

— Lui, c'est Casper Rosendale, a dit une fille à côté de moi.

— Tu t'appelles vraiment Casper ? a demandé Lou. Comme le fantôme ?

Au dernier rang, quelqu'un a pouffé.

J'ai hoché la tête et rougi.

— Eh ben regarde ailleurs, Casper Rosendale, a-t-elle dit, puis, en se tournant vers l'enseignante : Vous pouvez reprendre.

Et elle s'est de nouveau calée sur sa pile de livres.

La prof, bouche bée, a regardé son manuel, regardé dans ma direction et continué son discours sur la Déclaration d'indépendance.

Après le cours, Lou a quitté la salle sans plus se préoccuper de moi. La prof est venue me demander si tout allait bien, et quelques filles de la classe m'ont garanti que la nouvelle était complètement siphonnée.

Je fixais simplement la chaise vide sur laquelle Lou s'était assise.

# MOLLY

*Trente-et-un jours avant l'exécution*

Le portable de Molly vibra.

*Juliette van Hings.*

Molly ne téléphonait jamais, à cause de son bégaiement. Elle n'utilisait son portable que pour écrire des SMS. Au téléphone, tout était trop direct : elle ne pouvait pas détourner aussi facilement l'attention de son interlocuteur, ni combler les pauses avec des sourires. Au téléphone, tout n'était pour Molly qu'un immense bégaiement.

Elle sortit de l'orangerie, s'assit à l'ombre d'un châtaignier derrière le bâtiment et mangea le burger froid qu'elle avait apporté. Elle réfléchissait à un plan. Juliette lui avait dit d'effectuer des recherches. Mais comment ? Molly était certaine de pouvoir trouver la vérité chez les Rosendale, elle en était certaine depuis des années, et maintenant qu'elle était ici, elle se faisait l'effet d'une pauvre folle.

Elle retira ses chaussures et posa ses pieds nus dans l'herbe humide. Le calme était insupportable. Elle était habituée au bruit de la circulation et à la musique de l'Albatros. Ici, elle se retrouvait seule face à ses pensées.

Molly songea à Joel et à cette curieuse démarche triste. Elle était encore en colère contre lui parce qu'il l'avait appelée « la môme ».

L'après-midi, M. Rosendale vint frapper à la porte de l'orangerie. Il portait une chemise rayée, des bottes en caoutchouc, des gants de jardin, et tenait à la main un petit taille-haie.

— Vous devez être mademoiselle Pry.

— Oui, Monsieur.

Il ne la regardait pas. Il semblait observer quelque chose dans le gazon.

— J'ai une question à vous poser avant que vous ne commenciez chez nous. La même pour tous mes employés. Quelle est votre opinion sur le deuxième amendement ?

— C'est une bonne chose.

Molly savait que ce deuxième amendement apporté à la Constitution des États-Unis garantissait à chaque citoyen le droit de posséder une arme. Et elle savait qu'il valait mieux ne pas faire d'erreur. *C'est une bonne chose.* Du grand n'importe quoi !

— Une bonne chose ? demanda Rosendale.

— Oui, Monsieur.

Il ne la regardait toujours pas, et Molly se sentait de plus en plus nerveuse.

— Vous savez ce que j'ai lu ce matin dans le *Times* ? demanda-t-il.

Molly se tut. Elle se serait sentit bête de répondre à cette question.

— D'après eux, quand on a une arme chez soi, le risque d'être touché par un tir mortel est multiplié par cent. Qu'est-ce que ça vous inspire ?

— C'est de la propagande, Monsieur.

— Vous dites ça parce que vous savez que je fais partie de la NAA ?

Dans le train pour venir, Molly avait lu un argumentaire sur la possession d'armes publié par la NAA à l'intention de ses membres.

— La seule chose qui peut arrêter un sale type armé, c'est un bon type armé, dit-elle.

— Ah ! fit Rosendale, sans que Molly parvienne à savoir s'il croyait vraiment à cette phrase stupide.

— Une arme à domicile multiplierait par cent le risque d'être touché par un tir mortel, reprit Rosendale. J'adore cet argument parce qu'il est si simple en apparence. Malheureusement la réalité n'est pas aussi simple. C'est comme si l'on déclarait qu'avoir une piscine multiplie par cent le risque de se noyer. Devrait-on dans ce contexte interdire les piscines, ou plutôt demander aux gens d'apprendre à nager ?

— Je serais pour les cours de natation, Monsieur, affirma Molly, écrasée de honte.

— Ah, vous m'êtes déjà sympathique !

Et il la regarda enfin.

Ses yeux étaient d'un bleu si intense qu'ils paraissaient briller de l'intérieur. Il observait Molly comme s'il voyait le fond de son âme. Avec insistance, l'air de réfléchir. D'assembler en pensée les pièces d'un puzzle. Molly se mit à transpirer : il la regardait comme s'il la reconnaissait.

— Bon, dit-il.

Molly sentit son estomac se nouer encore un peu plus.

M. Rosendale sourit, d'un sourire franc et impeccable, et lui tendit la main.

— Vous avez répondu correctement à toutes les questions. Bienvenue aux Catskills, mademoiselle Pry. Essai concluant. Pry, c'est cela ? Je prononce bien ?

— Eli Pry, oui, Monsieur.

— Magnifique. Suivez-moi, je vous prie. Quelle journée, n'est-ce pas ? Quelle journée !

Molly le suivit dehors jusqu'à une rangée d'arbres en pot.

— Vous n'avez pas eu de difficulté à trouver ?

— Aucune, Monsieur.

— Et vous avez déjà fait la connaissance de Joel.

— Oui, Monsieur.

— Soyez indulgente avec lui, je vous en prie. Il a ses démons, mais c'est un bon garçon.

Il lui fit un clin d'œil. Elle ne comprit pas pourquoi. Il se pencha sur un arbuste, coupa quelques branches desséchées.

— Vous avez déjà jardiné ?

Molly secoua la tête.

— Dommage. L'élagage. Ce petit déclic. Clic, clac. Fantastique ! Je préfère presque ça à la chasse.

Rosendale raccourcit quelques branches.

— L'olivier... magnifique.

Molly se taisait.

— Vous savez sans doute que dans notre famille, nous faisons tout pour défendre la Constitution de notre pays ?

— Oui, Monsieur.

— La liberté existe tant que le deuxième amendement existe.

Molly hocha la tête.

— Et vous savez aussi sur quoi s'est bâtie notre fortune, j'imagine ? demanda Rosendale.

— Oui, le béton.

— Le ciment. Ça ne devient du béton que lorsque vous y ajoutez de l'eau, du sable et du gravier. Le ciment.

Un miracle, quand on y pense. La base de la modernité, déclara-t-il en lissant la feuille d'un olivier. Mais, voyez-vous, il m'arrive aussi de regarder l'un de ces arbrisseaux et de me dire que le plus grand miracle, ce sont eux.

Molly se taisait.

— Pry, n'est-ce pas ? demanda-t-il.

— Eli Pry, précisa Molly.

Son cœur battait à tout rompre.

— P-R-Y ?

— Exactement.

— Eli Pry, bon, bon. Pourrais-je voir vos papiers d'identité, s'il vous plaît ? Ne le prenez pas mal, mais avec tous ces journalistes... J'ai ma petite expérience.

Molly compta dans sa tête les stries bleues sur la chemise de Rosendale. Comme elle se tenait légèrement en retrait du chemin, ses pieds s'enfonçaient dans le paillage d'écorces, et Rosendale, qui la dépassait déjà en temps normal, la dominait de toute sa hauteur. Elle hocha la tête et retourna vers l'orangerie pour récupérer sa fausse carte d'identité dans son sac à dos. Il lui arrivait aussi de s'appeler Eli Pry dans le Queens. E et P étaient de bonnes lettres, elle ne butait jamais dessus.

Elle rejoignit ensuite M. Rosendale. Il prit la carte d'identité et l'observa.

— Qu'est-ce que vous venez faire ici exactement, mademoiselle P-R-Y ? demanda Rosendale.

— Assurer la propreté des lieux.

— C'est ça, et moi, je veux créer des emplois, gagner la médaille du meilleur père de l'année et servir Dieu et ma patrie. Alors, qu'est-ce que vous voulez vraiment ?

Molly ne savait que dire.

— Vous n'êtes pas employée de maison, nous le savons l'un et l'autre, pas vrai ? Ne manquons pas pour autant de dignité. Pour quel journal travaillez-vous ?

Molly secoua la tête.

Il lui rendit sa carte d'identité sans un mot et coupa une branche d'arbre.

— Je sais que dans ce pays, toute histoire digne de ce nom a besoin de son méchant, mais cela ne vous paraît pas un peu absurde que les méchants, pour vous autres socialistes, soient toujours ceux qui veulent justement défendre la Constitution ?

Le visage de Molly était trempé de sueur.

— Quand vous êtes agressée par un violeur, ce ne sont pas vos politiciens de gauche qui vous protègent, ni vos journaux libéraux, pas plus que votre pauvre manifeste communiste ou les Casques bleus. À ce moment-là, vous êtes seule. Sans personne. Et vous savez ce qui peut alors vous protéger ? Le deuxième amendement. Cette toute petite note dans notre Constitution, qui vous reconnaît le droit de porter une arme. *Voilà* ce que vous devriez écrire.

Rosendale posa le taille-haie sur le rebord d'une fenêtre.

— Bien. Si le cœur vous en dit, testez donc mon coupe-coupe avant de faire vos bagages.

Il passa devant Molly et s'éloigna en direction de la villa.

Molly sentit la panique enfler sa poitrine.

— M-M-M-Monsieur R-R-R-Rosendale.

Elle se mordit la langue. Elle avait bégayé à l'extrême, plus qu'elle n'en avait l'habitude. Le nom « Rosendale » était à peine compréhensible.

M. Rosendale s'immobilisa. Il inclina la tête comme pour écouter le chant d'un oiseau étrange. Puis il se retourna et plongea son regard dans celui de Molly. Elle savait qu'elle ne pouvait pas jouer les écervelées naïves, Rosendale était trop agile pour ça. C'était un homme d'affaires, il fallait lui proposer un marché.

— Je ne veux pas écrire d'article contre le port d'armes.

— Qu'est-ce que j'ai entendu ?

— J'écrirai ce que vous voulez.

— Vous êtes bègue ?

— Vous acceptez que je séjourne ici. Et j'écris ce que vous voulez. Un deal.

— Vous êtes bègue.

Molly le regardait fixement.

— Rassurez-moi, mademoiselle Pry, vous n'êtes pas de ceux qui ont le menton qui tremble quand ils se mettent à pleurer ?

— S'il vous plaît…

Le ton était si implorant que Molly se dégoûta elle-même.

— Restons calmes, d'accord ? Pas de larmes, je vous prie. D'abord, quel est le torchon qui vous envoie ?

— La *Gazette*.

Au point où elle en était…

Il partit d'un grand rire convulsif, exactement comme son fils le matin. C'était la première ressemblance que Molly décelait entre eux.

— Joli ! Le fer de lance de la gauche, qui envoie des agents infiltrés. Dois-je me sentir flatté ? Un deal, vous dites. Vous écrivez que je ne suis pas un criminel et que les armes ne peuvent pas être mauvaises par essence, mais seulement les gens ? Et je lis le texte avant parution ?

Elle acquiesça.

Il sourit. Sa peau saillait au niveau de ses pommettes.

— Pourquoi feriez-vous une chose pareille ?

Elle devait se montrer froide comme un glaçon.

— Parce que j'y gagne une *true story*.

Molly dut faire appel à toutes ses forces pour soutenir le regard de Rosendale. Sa lèvre tremblait. Ses ongles s'enfonçaient dans ses paumes. Elle tenta de compter ses respirations, mais sans succès.

— Vous ne ferez pas avaler ça à votre supérieure.

— Je pense que si.

— Ça n'a pas l'air d'aller, mademoiselle Pry, releva Rosendale.

De petites bulles de salive s'étaient amassées à la commissure des lèvres du bonhomme.

Molly songea à son père. À son enterrement, bientôt, et au fait qu'elle y assisterait sans pouvoir prononcer un mot. Que pouvait-on dire quand on n'avait pas tout tenté ?

Elle ferma les yeux.

Toute sa vie, Molly s'était demandé pourquoi c'était elle qui bégayait. Pourquoi l'anomalie génétique touchait justement sa famille.

Son visage crispé se débattait. Elle savait à quel point bégayer l'enlaidissait.

Rosendale éclata de rire. Elle le regardait toujours, haletante. Elle sentit dans sa nuque ses cheveux trempés de sueur.

— Pour commencer, jeune fille, vous allez respirer à fond, lui intima-t-il. Allez, marché conclu, l'histoire vraie du diable, et le diable est un gentil voisin. Je garde l'entier contrôle de l'affaire.

— Deal, s'empressa de répondre Molly.

— Alors bienvenue en enfer.

Quand il lui tourna enfin le dos, elle ouvrit les poings qu'elle avait enfouis dans ses poches. Rosendale fit encore une fois volte-face et lança :

— Au fait, votre coiffure. L'impertinence des cheveux courts. J'aime beaucoup.

Molly attendit que Rosendale ait disparu dans la villa pour s'autoriser à pleurer.

Une heure plus tard, elle était blottie dans l'orangerie, derrière un citronnier à moitié mort. Elle s'était glissée entre le bac et le mur. Elle avait remonté ses genoux sous son menton, suivait du bout des doigts les fissures du béton chaud.

Rosendale s'était joué d'elle.

Elle se sentait si nue qu'elle avait enfilé ses deux pulls par-dessus sa chemise, mais ça n'avait servi à rien. Elle alla à la salle de bains, se déshabilla et se glissa dans la douche. Sous l'eau froide, la peau de son dos devenait insensible.

Dehors, quelqu'un klaxonna deux fois.

Molly enfila en vitesse son jean et sa chemise sur sa peau encore humide. Elle emporta l'un des deux pull-overs. Devant l'orangerie, une Range Rover attendait, moteur en marche et vitres baissées. M. Rosendale était au volant. Il paraissait de bonne humeur.

— Je voulais juste m'assurer que tout allait bien. Vous aviez l'air tellement mal en point, tout à l'heure.

— Je vais bien, merci.

Son propre naturel l'étonna.

— Le mardi, j'honore toujours la mémoire de mon fils aîné. Je fais d'abord un petit tour, et puis je vais chez lui. Vous avez votre bloc-notes ?

— Chez lui ?

— Dans sa chambre.

Molly passa son pull-over pour mettre une barrière supplémentaire entre elle et Rosendale.

— Tenez, dit-il en se penchant vers la portière passager pour lui remettre un paquet de feuilles imprimées et un stylo-plume massif.

Le volant était à droite, comme en Angleterre. Molly n'avait encore jamais vu de voiture pareille.

— Qu'est-ce que c'est ? demanda-t-elle.

— Un accord de confidentialité.

Rosendale avait signé le contrat en lettres rondes et appliquées, comme tracées avec un soin exagéré.

Molly posa le contrat sur le capot et écrivit « Eli Pry » sans lire le contenu. En rendant le document à Rosendale, elle aperçut une rose coupée sur la banquette arrière.

— Puisque vous ne l'avez pas lu, annonça Rosendale, je vous donne le résumé : si vous écrivez quelque chose sans mon autorisation, je vous démolis.

— Je peux la voir ? demanda Molly avant qu'il ne referme la vitre.

— Voir quoi ? demanda Rosendale.

— La tombe ?

Il la regarda et appuya sur le bouton pour remonter la vitre. Il démarra, fit demi-tour derrière l'orangerie, puis, repassant devant Molly, s'arrêta et ouvrit la portière passager.

— Vous pouvez voir tout ce qu'il vous plaît. Nous n'avons rien à cacher.

Molly grimpa dans la voiture avant que Rosendale change d'avis. La stéréo diffusait du piano en sourdine. Près du frein à main, un fusil de chasse était rangé dans son support.

La voiture remonta lentement l'allée. Au fond de la propriété, Molly aperçut un terrain de tennis. Le jour baissait entre les cyprès, sur l'eau du lac immobile. Au centre de la pelouse se dressait, comme montant la garde, un arbre tel que Molly n'en avait jamais vu, somptueux, avec des feuilles d'un vert très pâle.

— Le plus vieux ginkgo de la côte Est, déclara Rosendale.

Molly n'avait pas mesuré jusque-là l'immensité de la villa. Elle avait plusieurs balcons et des colonnes blanches sur la façade sud.

Rosendale franchit le portail principal et s'engagea sur la route vers le centre-ville, avant de bifurquer à droite sur un chemin qui s'enfonçait dans la forêt.

*Personne ne sait que je suis dans cette voiture*, pensa Molly.

Elle scruta l'habitacle à la recherche de quelque chose qui lui permettrait de se défendre et referma ses doigts sur une raclette à glace rangée dans le vide-poche.

La forêt s'épaississait. La voiture écrasait des branches, creusait des sillons dans la terre meuble. Rosendale franchit lentement une dépression de terrain. Devant la voiture, une paroi rocheuse se dressa dans la pénombre, percée d'une ouverture grande comme un portail de grange.

— La mine Widow Jane, annonça Rosendale. Notre plus grand site autrefois, à l'arrêt depuis les années 1950. Ça descend à des centaines et des centaines de mètres sous terre. Au fond, c'est inondé. Il y a des gens en ville qui disent que le fantôme de mon arrière-grand-mère hante les lieux. Aujourd'hui, l'eau de la mine est utilisée par une distillerie de Brooklyn qui fabrique du whisky avec. Vous devriez goûter.

Roulant droit vers la mine, Rosendale s'enfonça dans le trou noir qui sembla les engloutir.

Molly se cramponna à sa raclette.

— Qu'est-ce que vous faites ? demanda-t-elle.
— Nous n'allons évidemment pas sur sa tombe.
— Stop.

Rosendale freina aussitôt.

Molly réfléchit une seconde. Elle n'avait pas le choix. Si elle voulait en apprendre davantage sur cet homme, sur le crime, elle devait l'accompagner. Elle ne pensait pas qu'il veuille la tuer au fond de cette mine, mais d'un autre côté, elle n'avait pas non plus pensé devoir s'introduire un jour comme une espionne dans la maison d'un inconnu. Les certitudes s'évanouissaient peu à peu. Ne restait que la peur.

— C'est bon, dit Molly, allez-y, s'il vous plaît.
— « Allez-y, s'il vous plaît », répéta Rosendale en rigolant.

Il pressa un bouton. Les projecteurs de toit s'allumèrent, et, pendant quelques secondes, Molly ne vit plus rien : la lumière déchirait l'obscurité et rebondissait sur les parois humides. Rosendale lui glissa une lampe de poche dans la main droite. L'air de la mine était putride. Le quatre-quatre progressait lentement. Rosendale évitait les saillies de la roche. Avec la lampe de poche, Molly éclairait les parois presque noires. Plus bas, le passage se rétrécissait.

Enfant, Molly ne comprenait pas pourquoi son père avait une peur panique des lieux exigus, mais en respirant à présent l'air épais du tunnel, elle avait la tête qui tournait.

Rosendale s'enfonçait dans les profondeurs de la mine.

Molly respirait à peine. Elle reposa la lampe de poche sur ses genoux, lâcha la raclette à glace et s'agrippa des deux côtés au siège en cuir. L'obscurité s'était mise à tournoyer.

— Tout va bien ? demanda Rosendale.

Pour Molly, la question semblait insoutenable.

— Super, dit-elle en espérant ne pas vomir.

La voiture s'immobilisa. Rosendale descendit, passa de l'autre côté de la voiture et ouvrit la portière de Molly.

— Venez. Laissez la raclette, vous n'en avez pas besoin. Si vous avez peur, prenez plutôt le fusil.

Molly descendit de la voiture, les jambes tremblantes. Le plafond de la grotte n'était qu'à quelques mètres.

— Éteignez, dit Rosendale.

— Sûrement pas, protesta Molly.

— Vous n'avez rien à craindre, mademoiselle Pry. Vous n'avez jamais vu une obscurité pareille, je vous le promets.

Elle hésita, éteignit la lampe et recula de trois pas pour que Rosendale ne sache pas exactement où elle se trouvait.

L'obscurité était totale. L'entrée était presque un kilomètre plus haut, derrière un tournant dans la roche. Molly et Rosendale se tenaient à un endroit qui n'avait jamais reçu la caresse du soleil. Il y flottait une odeur douceâtre et organique, que Molly connaissait sans savoir d'où.

Elle ralluma la lampe. Rosendale était tout près d'elle, une pierre tranchante dans la main droite et, dans l'autre, la rose coupée.

Il ouvrit la bouche, et elle sentit son souffle chaud sur son visage.

— Dolomite, dit-il en lui tendant la pierre. Vous la broyez, la brûlez et la pulvérisez. S'il vous venait l'envie de construire le socle d'une statue de la Liberté.

Il tourna les talons et s'avança vers le point le plus profond du tunnel, qui menait jusqu'à l'eau. Là, il déposa la rose sur le sol. Molly découvrit alors près de l'eau des centaines de fleurs flétries, et reconnut l'odeur.

— C'est Carver, à l'époque, qui a conduit la police jusqu'à l'entrée de la galerie, après ses aveux. Il a laissé le corps de mon fils ici pendant une journée, et après, il l'a emmené en Pennsylvanie.

Rosendale fixait les eaux sombres et immobiles.

Le regard de Molly allait des fleurs au plafond bas. Le sol tanguait sous ses pieds.

Elle songea à Casper Rosendale, à l'horreur des derniers instants qu'il avait dû subir, peu importe qui l'avait tué.

Elle voulut prendre appui sur la paroi, saisit le néant et dérapa, tomba presque dans l'eau, mais Rosendale la rattrapa par le coude. Elle laissa échapper la pierre qui s'enfonça dans l'eau.

— Saviez-vous qu'aucun feu de ce monde ne peut enflammer le béton ? demanda Rosendale.

Molly ne répondit pas. Elle ne pensait qu'à une chose : la claustrophobie de son père était telle qu'il supportait à peine de rester à l'intérieur. Jamais il ne serait descendu dans une mine de ciment.

— Le vrai coupable, c'est vous, pas vrai ? demanda Molly.

Elle ne connaissait pas encore suffisamment la voix de Rosendale pour savoir quand il mentait. Elle ne pourrait pas être certaine, mais elle devait tenter le coup.

— Mademoiselle Pry… et moi qui commençais à vous apprécier.

Elle se doutait qu'il ne répondrait pas à la question. Ç'aurait été trop facile. Il la regarda fixement. Puis, sans qu'elle ait à reposer sa question, il dit :

— Bien sûr que non.

Même un enfant l'aurait remarqué. Rosendale mentait.

Sur le chemin du retour, il remuait la main au rythme de la musique.

— Pourquoi acceptez-vous que je loge chez vous, Monsieur ?

— Et pourquoi les gens écoutent-ils du Chopin ?

# MOLLY

*Vingt-huit jours avant l'exécution*

La nuit était tombée depuis longtemps, mais Molly ne parvenait pas à s'endormir. Allongée dans l'orangerie, elle observait le ciel étoilé par la verrière.

À New York, l'éclairage de ville était si puissant qu'on ne voyait pas souvent les étoiles. Molly avait presque oublié à quel point c'était beau.

Elle s'était allongée à même le sol de béton, plus frais que le matelas. Le temps passait avec une infinie lenteur. Le temps passait aussi vite que l'éclair.

Molly rechercha sur Google « EXÉCUTION ».

Une page mentionnait que le coût du chlorure de potassium pour une injection létale s'élevait à 86,06 dollars.

La porte s'ouvrit, d'un coup, et Joel entra.

Molly se redressa.

— Qu'est-ce…, commença-t-elle, mais Joel l'interrompit.

— Journaliste !

Molly laissa échapper un soupir, elle pensait déjà qu'il avait découvert qui elle était vraiment.

Il resta planté devant elle, l'index pointé sur son visage, puis serra le poing. Il tremblait de colère.

— Je…, protesta Molly.

— Ta gueule.

Et il la laissa là.

— Super, dit Molly à mi-voix.

Elle se rallongea sur le sol en béton. Les bruits étaient plus feutrés qu'ils ne l'étaient jamais dans le Queens. On entendait au loin l'appel d'un hibou ou d'une chouette – quelque chose dans ce genre.

Les jours suivants s'écoulèrent si lentement que c'en était presque insupportable pour Molly. Elle ne vit Joel qu'à deux reprises : la première fois, il l'ignora, et la deuxième, il lui fit un doigt d'honneur.

Molly finit par aller voir M. Rosendale et lui proposa de nettoyer les vitres ou de laver les sols en marbre, mais il répondit en souriant qu'il pouvait confier cette tâche à une véritable entreprise de nettoyage. Que Molly se fasse donc plutôt une idée des lieux ! Il lui conseilla d'aller admirer le coucher du soleil depuis le ponton du lac ou de faire un tour sur leur stand de tir privé. Molly était persuadée qu'il se moquait d'elle. Mais il avait l'air sérieux.

Elle ne comprenait pas pourquoi il l'autorisait à rester. Peu importe ce que Molly avait signé dans son contrat, le risque qu'elle découvre la vérité n'était-il pas trop grand ?

M. Rosendale était constamment armé. La maison était truffée d'armes, pendues aux murs ou rangées dans des râteliers.

Molly échangea quelques SMS avec Mick, lui parlant de tout et de rien dans l'espoir qu'il ne soit pas trop fâché. Elle était certaine qu'il lui en voulait.

Elle écrivit à Juliette qu'elle était « sur le coup », convaincue que c'était ainsi que les journalistes se parlaient.

Après plusieurs journées vaines, elle décida d'aller en ville pour en apprendre davantage sur Casper.

L'endroit où Molly avait grandi était d'abord un endroit où elle espérait qu'on ne la reconnaîtrait pas.

Au petit matin, elle longea le mur de la propriété. Sur la paroi envahie de mousse, quelqu'un avait bombé « CRIMINELS » à la peinture argent et, plus loin, « GAYS FOR GUN CONTROL ».

La ville était déserte, peut-être à cause de l'heure encore matinale. On y trouvait le même coiffeur qu'autrefois, seulement baptisé « Coiffeur », une nouvelle onglerie avec en vitrine un panneau clignotant GET NAILED !, un boulanger qui se nommait « L'autenthique pâtissier », un magasin d'alimentation animale, trois galeries, dont une installée dans une ancienne église. Le diner aux sièges couleur rouille où Molly et son père allaient autrefois chercher leurs pancakes. Et aussi : un magasin spécialisé dans les cornichons, le cinéma, une pizzéria et une nouvelle librairie branchée où les livres étaient présentés comme des œuvres d'art, ce qui plut à Molly.

Au bout de la rue principale, juste avant la pompe à essence, l'unique bar de la ville, installé dans une bâtisse miteuse un peu en retrait, avait toujours le même nom, One More, et le même air délabré qu'autrefois.

*C'est un bon signe*, songea Molly.

Elle réfléchit à pousser jusqu'au *trailer park* Bonne Étoile, où elle avait habité, mais elle craignait de ne plus pouvoir s'arrêter de pleurer une fois là-bas.

Elle entra dans le diner vide et s'installa au comptoir. Il flottait dans la salle une odeur de café et de cannelle. Le patron était toujours le même petit homme au ventre rond et aux oreilles décollées. Il approcha et lui servit du café dans un gobelet qu'il posa devant elle.

— Et bonjour, fit-il en l'examinant. On arrive de Brooklyn ?

Le bonhomme avait les dents du bonheur, un trou si grand entre les incisives qu'une myrtille aurait pu y passer.

— Hein ?

— On dit « comment » quand on est poli. Les cheveux, indiqua le patron, c'est à ça qu'on vous reconnaît, vous autres hipsters de Brooklyn. Petit déjeuner ?

— Ils sont bons, les pancakes ? demanda Molly en espérant qu'ils soient exactement comme dans son souvenir.

— Ça fait trente que je fais les pancakes ici, et ils sont comme ils sont. Ce sont mes pancakes. Y en a pas d'autres. Trois ou six ?

Il était si désagréable que Molly sentit la colère monter. Elle avait eu dans l'idée de passer ici un moment tranquille et de penser à son père. Elle compta les fourchettes dans le panier posé devant elle en respirant à fond.

— Deux, dit-elle.

— Donc, trois.

— Deux suffisent.

L'homme se mit aux fourneaux et, avec une douille, fit couler trois ronds de pâte sur la plaque de cuisson.

— En vacances ? demanda le patron en regardant Molly.

Elle secoua la tête.

— Vous venez acheter toutes nos maisons ?

— Je vous ai fait quelque chose ou quoi ?

L'homme marmonna dans sa barbe et attrapa une assiette sur l'étagère.

— Je viens pour Casper, dit Molly.

L'homme se tourna vers elle.

— Rosendale ?

— Vous le connaissiez ?

— Dehors.

Le ton était calme, presque blasé.

— Pardon ?

— J'ai dit : dehors.

L'homme fit un pas vers Molly et retira sa tasse pleine de café du comptoir. Il pointa sa spatule vers la porte.

— C'était pas la bonne question ?

— Vous êtes tous pareils, « juste une ou deux questions ». Je m'en tape du pourquoi. Ça m'intéresse pas de savoir si t'es à la botte de ces journalopes ou alors une dingue en pèlerinage morbide. Les Rosendale sont des gens bien. Ils se bougent pour la communauté, sauf que personne veut le voir. Si c'était une autre famille qui avait perdu un enfant, tout le monde serait horrifié. Mais les Rosendale, on en fait des criminels. Parce qu'ils vivent dans une grande maison ? Ben c'est infect. Tu tireras rien de moi. Rien de rien. Et maintenant, dégage !

Molly se sentit honteuse sans savoir pourquoi. L'homme se dressait devant elle, le bras tendu vers la porte. En évitant de le regarder, elle sortit.

À l'orangerie, Molly vit tout de suite que quelqu'un avait fouillé ses affaires.

Son sac à dos était posé sur le lit. Elle l'avait laissé par terre en sortant.

Molly inspecta son sac. Les lettres encore cachetées et sa vraie carte d'identité manquaient.

Elle s'enferma dans la salle de bains et cogna la tête contre les carreaux, si fort qu'elle vérifia ensuite dans le miroir que son front ne saignait pas.

Valait-il mieux attendre, rester tranquille ? Le temps lui filait entre les doigts.

Dehors, elle trouva Joel au bord de l'eau, assis dans un fauteuil de camping sous un saule. En approchant, Molly vit qu'il était assis devant une pierre tombale. Elle ne portait pas de date, seulement la mention :

*Casper Rosendale*
*Souvenir éternel*

— Mais qui est Molly Carver ? demanda Joel sans lever les yeux vers elle.

Il avait à portée de main un pack de six bières à moitié vide.

Molly ne savait que répondre. Cette fois, elle ne s'en tirerait pas si facilement. Elle s'assit à côté de Joel, dans l'herbe tiède.

Ils restèrent un moment à regarder la pierre tombale de Casper. Tout était calme, Molly entendait même les moustiques.

— Je savais bien que t'étais pas nette. Pourquoi tout le monde pense que c'est moi, le taré, alors que je suis le seul à voir clair dans ton jeu ?

Molly attendait.

— Et pourquoi t'as pris ce pseudo débile ?

Molly se figea. Elle avait cru que Joel avait compris qui elle était vraiment. La fille de Florentin Carver. Mais le lien n'était pas forcément évident, elle s'en rendait compte à présent : son nom à elle n'avait jamais été cité dans les journaux, et il y avait des centaines de milliers de Carver aux États-Unis.

— S'appeler Carver, c'était pas terrible pour bosser ici, mentit-elle.

Joel avala une grosse gorgée de bière et lui lança sa carte d'identité. Puis l'une des deux enveloppes.

— C'est quoi, cette association qui te file tout cet argent ? Et ce nom ridicule, là, Families Outside ?

— Parce que que ça te regarde ?

— Parce que ce qui se passe ici, ça te regarde, peut-être ?

— Je peux avoir une bière ?

En buvant, elle pourrait éventuellement se rapprocher de Joel, il était ivre à longueur de temps.

— Ta gueule, dit-il.

Joel lui lança la seconde enveloppe.

— À quoi il sert, ce test génétique ?

— C'est personnel.

— Ben voyons.

— C'est pour déterminer si j'ai une maladie incurable. T'es content ? Tu veux plus de détails ?

Elle savait que s'il continuait, elle finirait par lui mettre son poing dans la figure.

— L'enveloppe était encore cachetée.

— Oui.

— Tu veux que je te la dise, la réponse ?

Molly tremblait de rage, et ses yeux se remplissaient de larmes qui ajoutaient encore à sa colère.

— Tu as peur des résultats, pas vrai ? demanda Joel.

L'hostilité s'était évanouie de sa voix.

Quelques minutes s'écoulèrent pendant lesquelles ils se turent tous les deux.

Puis Molly se leva.

— T'inquiète, je te le dirai pas.

Elle ne répondit pas.

— Promis.

Il parlait comme un enfant.

— Tu vas dire à ton père comment je m'appelle en vrai ?

— Mon père est un connard.

— Je sais.

— Je lui dirai rien. Mais je veux quelque chose en échange. Dans ton article, tu écriras que je suis pas un taré.

— C'est du chantage ?

— Oui.

— OK.

Elle ramassa les lettres, se redressa et tourna les talons.

— Hé, la menteuse !

Elle fit volte-face. Il plongea la main dans l'herbe, attrapa une bière dans le pack et, sans regarder Molly, lui tendit la bouteille par-dessus son épaule. Elle réfléchit, rien qu'une seconde, puis s'éloigna, les mains vides.

★

Douze jours avant l'exécution, Molly n'avait toujours rien sur le meurtre de Casper Rosendale, pas l'ombre d'une piste ni le moindre indice qui aurait pu innocenter son père.

Joel n'avait révélé son vrai nom à personne.

Molly connaissait désormais les espaces extérieurs de la propriété jusque dans leurs moindres recoins. Elle avait vu passer des jardiniers et des agents de ménage, qui ne lui adressaient pas la parole et n'opposaient que le silence à ses questions.

Plusieurs fois, Molly était allée en ville, mais ni le pâtissier, ni les galeristes, ni la libraire ne savaient rien, ou alors ils ne voulaient rien dire. Personne ne l'avait reconnue, et elle non plus n'avait vu personne qu'elle connaissait vraiment.

Jonathan Rosendale s'était apparemment absenté quelques jours, et Joel semblait lui aussi avoir disparu. Mais à son retour, M. Rosendale se rendit à l'orangerie. Molly le reconnut aussitôt à la manière délicate qu'il avait de frapper à la porte. Joel serait entré sans autre forme de procès.

— Comment avancent vos recherches ? demanda-t-il.

Molly ne comprenait toujours pas pourquoi il la tolérait chez lui, et sa présence continuait de la rendre nerveuse. Elle craignait de se remettre à bégayer.

— Tout va bien, dit-elle.

— Vous auriez un moment pour moi ? J'aimerais vous montrer quelque chose.

Pourquoi cet homme était-il toujours tellement aimable ? C'était odieux.

Molly le suivit jusqu'à la villa. Trois gros albums photo étaient posés sur la table de la véranda.

— Vous m'accompagnez ? J'allais me préparer un mint julep, proposa Rosendale.

Molly accepta sans savoir ce que c'était.

— Mais je vous en prie, jetez déjà un coup d'œil.

Rosendale s'éclipsa, et Molly se pencha sur l'un des albums.

La première chose qu'elle remarqua, c'est qu'aucune photo n'avait été prise sur le vif. Tous les clichés étaient l'œuvre de photographes professionnels. Affichant dès le plus jeune âge la même silhouette longiligne, Joel posait tristement en costume bleu et chemise blanche à côté de ses parents. À le voir, Molly eut un pincement au cœur. Quant à Tiffany Rosendale, elle était mince, sublime, coiffée à la perfection : une femme si parfaite qu'on aurait cru voir le résultat d'une séance photo pour *Vogue.*

Casper apparaissait sur ces photos telle une ombre. Il avait les mêmes cheveux foncés que son frère, mais l'air plus timide, avec des yeux noirs. Il ne souriait presque nulle part, et s'il souriait, c'était d'un air mélancolique. Sur les photos, il était toujours le plus loin du centre.

Molly se demanda comment ces enfants pouvaient être tristes au point de ne pas parvenir à sourire quand on les photographiait.

— C'était pour Thanksgiving, dit Rosendale dans son dos.

Il s'assit près d'elle et lui tendit un gobelet, les parois en métal froid perlaient d'humidité. Le mint julep, ç'avait le goût du whisky, de la menthe et du sucre.

— Vous aimez ? demanda Rosendale.

Du coin de l'œil, Molly vit qu'il portait son révolver sous sa veste dans un holster d'épaule.

— Je peux vous poser une question, Monsieur ?

— Tout ce que vous voulez.

— Pourquoi vous avez toujours votre arme sur vous ?

— Pour pouvoir vous protéger si l'occasion se présente.

— Et pourquoi j'ai droit à votre aide ?

— Ha ! C'est à cause de votre bégaiement que vous tournez vos phrases drôlement, pas vrai ? demanda Rosendale.

Il avait raison. Molly aurait préféré demander *Pourquoi est-ce que vous m'aidez ?* mais elle savait qu'elle aurait buté sur le M, et elle avait formulé sa phrase différemment.

Elle ne releva pas.

Joel surgit dans la véranda.

— C'est quoi, ce plan ? demanda-t-il en montrant les albums posés sur la table.

— Du calme…, dit Rosendale.

Molly but une gorgée.

— Pourquoi tu lui montres nos photos ?

— Rentre, Joel, tout doux.

— Elles sont privées, ces photos !

Rosendale posa son gobelet en métal et se leva.

— Laisse-nous travailler, s'il te plaît.

— Elles sont privées !

Rosendale fit quelques pas vers son fils. Tour à tour, Joel regarda Molly et son père, sans bouger d'un pouce. Il avait les larmes aux yeux, mais serrait les mâchoires et se retenait de pleurer. Il restait planté là, immobile.

— Je ne veux pas, dit-il tout bas.

Joel fixait Molly, les yeux étincelants. Puis il rentra.

Rosendale revint s'asseoir près de Molly.

— Veuillez m'excuser. Être le père de Joel n'est pas toujours facile…

Puis, comme si de rien n'était, il reprit :

— Alors, où en étions-nous ?

Dans l'album, l'un des portraits de famille montrait Casper au centre de la scène, et Molly, d'abord, ne sut pas ce qui retenait son attention, puis elle comprit : sur cette photo-là, la seule, Casper affichait un grand sourire.

## CASPER

*Dix ans plus tôt*
*Quatre-vingt-sept jours avant sa mort*

Quand j'ai vu Lou la fois d'après, c'était en maths, avec ce prof toujours en jean trop moulant et bottes de cowboy, le redoutable et redouté M. Groover. J'étais assis à deux rangées d'elle.

Groover était connu pour faire venir ses élèves au tableau et les interroger jusqu'à ce qu'ils se mettent à pleurer.

Ce jour-là, il avait convoqué Beverly-Lynn, une fille du *trailer park* que tout le monde connaissait au lycée parce que son père était mort en Irak. J'aimais bien Beverly-Lynn, elle était souriante avec moi. Je l'aimais bien parce qu'elle aussi était nulle en maths et parce qu'elle cachait dans sa trousse des petits oursons qu'elle grignotait en cachette à longueur de temps.

$$f(x) = x^2 - 3x + 2$$

Beverly-Lynn fixait une équation mathématique.

Groover lui avait demandé de calculer la dérivée seconde. J'étais à des années-lumière de connaître le résultat, d'ailleurs je n'avais jamais vraiment compris ce qu'était une dérivée, mais de toute façon Groover ne m'appelait jamais au tableau, sans doute parce que avec moi, il n'osait pas.

Beverly-Lynn serrait ses deux poings potelés, et son cou s'était couvert de taches rouges.

— Allez ! a susurré Groover.

J'observais Beverly-Lynn avec inquiétude : elle était au bord des larmes.

Assise deux tables plus loin, Lou avait les mains croisées derrière la tête depuis dix minutes et regardait le tableau. Elle paraissait un peu moins endormie, ou peut-être un peu moins défoncée que d'habitude.

— Deux, a-t-elle dit avec ennui.

— Les autres, je ne veux rien entendre. C'est à Beverly-Lynn de nous montrer ses talents, a grondé Groover.

Les yeux de Lou s'étaient étrécis.

Groover a noté au tableau une autre équation, encore plus complexe.

$$f(x) = x^3 + 1{,}5x^2 - 2{,}25x$$

— Bien. On se concentre, ma petite Bev. La dérivée seconde.

— $6x$ plus 3, a répondu Lou avant même que Groover ait pu reposer la craie.

— La question était pour Bev, a dit Groover, et personne ne peut faire ce calcul aussi vite. Encore moins de tête !

— Ça t'excite, en fait, d'être planté là devant, avec tout ce pouvoir ? a rétorqué Lou, les mains toujours derrière la tête, comme si elle regardait un match de foot au lieu de provoquer le pire prof du lycée.

— Non mais, tu te crois où ! a protesté Groover.

Lou a souri d'un air narquois, et j'ai aperçu deux canines de travers.

— La question était pour Bev, a-t-elle dit.

Pendant deux secondes, on n'a plus entendu aucun bruit. Deux secondes peuvent être très longues, surtout en cours de maths. Les yeux humides, Beverly-Lynn a d'abord regardé Groover, puis Lou. Quelqu'un a pouffé dans le rang du fond, un autre a éclaté de rire. Lou a été collée pendant une semaine. Et elle est devenue une légende.

En quelques semaines, les rumeurs sur Lou se sont multipliées.

Elle ne parlait à personne, fumait ses joints de bon matin derrière le gymnase, passait la plupart des cours à somnoler sur sa pile de livres et manquait parfois des journées entières. Un jour, elle est venue avec une croûte à l'oreille, comme si on avait failli la lui arracher.

Quand une prof lui posait une question, Lou se contentait de hausser les épaules.

En maths et en chimie, elle était la meilleure de la classe. Tout le monde le savait, même si personne ne le savait vraiment. Quand on lui rendait un devoir, Lou le glissait dans l'un de ses livres sans regarder sa note.

Un jour, Richie Lee Saunders lui a demandé si elle pouvait lui vendre de l'herbe pour vingt dollars, et Lou, le lendemain, est arrivée à l'école avec une poignée d'herbe encore accrochée à une motte de terre qu'elle a tendue à Richie Lee Saunders. Elle a exigé qu'il lui paie ce qu'il lui devait.

Lou chantait dans la chorale de la communauté baptiste, et le nombre de baptistes pratiquants a triplé quand ça s'est su. Tous les dimanches, je m'installais au fond, sur la gauche, et j'attendais que Lou chante et ondule, les yeux fermés, parmi les autres jeunes qui, à côté d'elle, avaient l'air de faire de la figuration. Elle portait toujours la même robe trop courte en coton blanc et se balançait au rythme de la musique.

Pendant quelques semaines, Lou a fait partie de l'équipe de crosse de notre lycée. Elle a battu en deux parties successives notre record de buts par match, avant que le rectorat de New York ne la suspende pour le reste de la saison parce qu'elle avait fracturé en deux coups de tête le zygoma d'une joueuse adverse, puis son nez. À ce qu'on disait, la joueuse s'en était prise à la mère de Lou.

Pour Lou, j'étais invisible, et, chaque fois qu'elle regardait dans ma direction pendant les cours, je fixais le tableau avec entêtement.

Je mangeais à peine, je dormais mal, j'avais des difficultés à me concentrer et je ne vivais plus que pour mes cours d'histoire et de maths.

À cette époque, on avait un mécanicien : Flo. Notre mère l'appréciait parce qu'il avait fait je ne sais quoi aux rosiers et que les fleurs avaient été d'un beau jaune vif cette année-là ; notre père l'appréciait parce qu'ils partageaient cette fascination pour les armes que je ne comprenais pas. Et Joel l'appréciait parce qu'il appréciait la terre entière.

Joel avait été le premier à l'appeler Flo plutôt que Florentin, parfois même il disait Floflo parce qu'il venait de Floride, et à la fin, on disait tous Flo.

Flo avait baptisé Joel « Jack » et m'appelait « Daniel's », alors que je lui avais demandé plusieurs fois d'arrêter.

On traitait les employés comme tout le monde traite sans doute ses employés, avec respect et distance.

On les payait pour leur travail et leur amabilité. Les choses auraient été encore plus bizarres si on s'était mis à faire comme s'ils étaient nos amis. Mais avec Flo, c'était autre chose. Il parvenait à bavarder avec ma mère en ne communiquant que par signes, il buvait des juleps avec mon père sur la véranda, il courait après Joel dans le jardin avec des bois de cerf qu'il décrochait du mur, lui enseignait l'east coast swing, et un jour, il m'a demandé si ça me disait de danser un petit Rigga-Ding-Dong.

Un jour d'automne où il faisait doux, je suis allé faire un tour à l'orangerie. Flo y rangeait ses affaires, y bricolait dans son coin ou, parfois, s'allongeait simplement sur le vieux lit pour lire un livre alors qu'il aurait dû travailler. Ce jour-là, il faisait des tractions à une poutre, torse nu, et j'ai vu pour la première fois qu'il était musclé et plein de tatouages.

— Alors, Daniel's, on porte le monde sur ses épaules aujourd'hui ? a-t-il demandé.

— Pourquoi tu dis ça ?

— Oh, comme ça. Quoi de neuf ?

— Il y a une nouvelle dans notre classe.

— Ah ?

— Elle s'appelle Lou.

— Bon.

— C'est la meilleure en maths.

— En maths ?

— Du coup, je me disais qu'elle pourrait peut-être m'aider. Comme je suis pas super bon en maths.

— Je vois…

— Mais elle m'ignore carrément.

— C'est plutôt bon signe.

— Tu crois ?

— Absolument.

— Je sais pas trop, Flo.

Il s'est assis à côté de moi sur le lit. Tout ça me mettait tellement mal à l'aise que je n'osais pas le regarder.

— T'es amoureux ?

— Tu parles ! Elle fume de la beuh. Je pourrais jamais tomber amoureux d'une fille comme ça. C'est juste qu'elle est bonne en maths, voilà.

— Demande-lui simplement de t'aider, alors.

— Je peux pas juste demander. Tu peux pas juste la chauffer comme ça, cette fille-là.

— *La chauffer* ? Une fille, c'est pas un repas qu'on met au micro-ondes, mon petit bonhomme. Y a rien à chauffer, là !

— Tu peux pas comprendre.

Flo a hoché la tête et il est retourné à sa poutre.

— Flo ?

— Oui ?

— J'ai peur de passer pour un bouffon.

— Aux yeux de qui ?

— Des autres, au lycée.

— Et quand bien même ?

— Je veux pas qu'ils se marrent, c'est tout.

— Tu préfères être un lâche ?

— Laisse tomber, OK ? T'as pas idée de tous les efforts que je fais rien que pour gérer le quotidien.

— Les perdants disent toujours qu'ils font des efforts. Les vainqueurs prennent leur courage à deux mains, passent pour des bouffons et décrochent la fille de leurs rêves. Enfin, *la prof de soutien* de leurs rêves, a-t-il conclu en souriant.

Il est revenu vers le lit et s'est baissé pour attraper un livre dessous. Un vieux livre de poche jauni intitulé *Poèmes d'amour pour la Saint-Valentin. Les mots justes pour qu'elle tombe éperdument amoureuse.* La photo d'une rose était imprimée sur la couverture, où un autocollant Walmart clamait en lettres jaunes « DERNIÈRE REMISE ! » et « 1 $ SEULEMENT ».

J'ai vu que les doigts de Flo tremblaient un peu.

— Dernière remise ? ai-je demandé.

Il a feuilleté quelques pages et lu :

*Une ombre de plus, un rayon de moins*
*diminuerait de moitié cette grâce ineffable*
*qui ondoie dans les tresses de sa noire chevelure,*
*ou éclaire doucement ce visage*
*où des pensées d'une sérénité suave disent*
*combien est pure cette demeure, combien elle leur est chère*[1].

— Comment tu sais que Lou a les cheveux noirs ? ai-je demandé.

— Tiens, je te le prête. Et, Casper, sérieux, tu es un bon gars, ta Lou s'en apercevra. Je te le promets.

Il commençait à faire froid et humide, Lou manquait souvent l'école. Mon désir était si grand que j'avais déjà le tournis rien qu'à regarder ses cheveux.

J'ai lu le recueil de poésie de Flo, des poèmes de Lord Byron, Whitman, Henley, Kipling, et ils m'ont tellement plu que j'ai commencé à souligner certaines phrases. Sur chaque page, j'écrivais son prénom, encore et encore. Mon poème intérieur n'avait qu'une seule rime. *Lou / Lou / Lou / Lou / Lou.*

---

1. Lord Byron, *Elle marche dans sa beauté*, traduction de Benjamin Laroche, V. Lecou, 1847.

Un jour, elle a ronflé en mathématiques. Un autre, elle est arrivée avec la lèvre en sang, et personne n'a su pourquoi. Un autre encore, un joueur de l'équipe de foot lui a mis la main aux fesses à la cafétéria, et Lou lui a envoyé son plateau en pleine figure.

Le mois de novembre est arrivé. On avait cours de maths avec Groover. Il est entré dans la classe, et j'ai tout de suite senti que quelque chose n'allait pas. Il a posé sa serviette en cuir, il a pris un truc dedans et il a lentement arpenté la salle jusqu'à s'immobiliser devant la table de Lou. Il la regardait de toute sa hauteur en brandissant quelque chose. Un petit sachet, avec des miettes de matière verdâtre dedans. Je n'avais encore jamais vu de cannabis, mais je savais que c'était du cannabis, et je savais que Lou était mêlée à ça. Groover a promené son regard triomphant sur nous.

— Ce que vous voyez là, ce sont 85 grammes de marijuana que j'ai trouvés par terre hier, dans cette classe, après la dernière heure de cours. Le proviseur a été prévenu, a-t-il annoncé, un bref sourire aux lèvres. La détention de drogue n'est pas seulement contraire à la loi, elle est aussi contraire aux règles et à la déontologie de cet établissement. Nous savons parfaitement qui est la propriétaire de cet objet. Et elle sera renvoyée du lycée. La police est informée. Si je vous en parle, c'est uniquement pour une raison : donner à la coupable la possibilité de reconnaître les faits et de faire amende honorable.

Tous les regards étaient rivés sur Lou. On aurait dit que toute la classe retenait son souffle. Elle a croisé les bras sur la poitrine. Groover l'a dévisagée.

— J'attends !

Ma peau s'est hérissée. Ils allaient renvoyer Lou. J'ai pensé au lycée où elle irait, au type à dreadlocks avec qui elle se mettrait à fumer des joints et au fait que je la perdrais pour toujours.

Et puis, on a frappé à la porte.

Le proviseur est entré avec Archer, la nouvelle recrue de la police. Ils se sont plantés à côté de Groover. Archer avait le physique d'un haltérophile professionnel. Tous trois fixaient Lou, qui ne bougeait pas d'un iota.

— Je vous préviens..., a repris Groover.

Lou se taisait. Je la voyais de profil, elle plissait les yeux.

— Vous voulez bien nous suivre, mademoiselle Livingston, s'il vous plaît ? a demandé le proviseur.

Lou a laissé quelques secondes s'écouler avant de se lever avec ses livres. Elle les tenait comme un bouclier devant son torse. J'ai regardé ses cheveux noirs, noués ce jour-là en une queue-de-cheval désordonnée, et j'ai eu la certitude de les voir pour la dernière fois. J'ai imaginé la sensation de ces cheveux sous mes doigts, et le jour où le type aux dreadlocks les caresserait.

Mon portable m'a glissé des mains et a atterri bruyamment sur le sol en lino. Lou a levé furtivement les yeux vers moi.

— C'est ma faute, ai-je déclaré.

Tout le monde s'est figé.

— Casper ? a demandé Groover.

— Lou n'a rien à voir avec ça. Ce sachet est à moi.

Mon cœur battait si fort que je le sentais cogner contre ma poitrine.

— N'importe quoi ! a dit Groover.

Je me suis levé, j'ai pris mes livres et je suis allé jusqu'à la porte. Je n'étais pas sûr que mes jambes me porteraient jusqu'au bout.

— Qu'est-ce que c'est que ce cirque ? a insisté Groover.

Quand je suis arrivé à la hauteur de Lou, je lui ai jeté un coup d'œil, très vite, je ne sais pas ce qui m'a pris, je ne voulais pas. Elle a posé sur moi son regard embrumé, un peu moqueur, mais aussi un peu impressionné, je crois.

— Mate pas comme ça, a-t-elle murmuré.

Ni le proviseur ni Archer n'ont appelé mes parents. J'ai simplement passé un quart d'heure dans le bureau du proviseur, qui ne croyait pas un mot de mon histoire, et il m'a renvoyé chez moi.

Ce jour-là, dans l'après-midi, un photographe est venu faire des photos de notre famille. Debout à côté de mes parents et de mon frère, je fixais l'appareil photo et ne pouvais pas m'empêcher de sourire.

# MOLLY

## *Douze jours avant l'exécution*

M. Rosendale lui avait montré ses albums photo, puis Molly était retournée à l'orangerie. Plus tard dans la soirée, elle aperçut par la fenêtre Joel qui se démenait sur le terrain de tennis. Il envoyait des services dans le filet. Il ne tentait même pas d'atteindre le terrain adverse. Il frappait simplement dans la balle avec une raquette.

Molly sortit le rejoindre.

Il faisait si sombre que, depuis la villa, on ne pouvait déjà plus voir le terrain de tennis.

Quand elle s'approcha, Joel envoya de toutes ses forces une balle dans le filet, juste à côté d'elle.

— Pourquoi tu te laisses faire ? demanda-t-elle.

Joel frappa une nouvelle balle.

— Casse-toi.

Molly le regarda attentivement. Une croûte de sang à peine séchée lui barrait la lèvre.

— Ton père ? demanda Molly en montrant la lèvre de Joel.

— Bien sûr que non !

Molly s'en étonnait elle-même, mais d'une certaine manière, il lui faisait de la peine. Le fils des Rosendale, qui avait fouillé ses affaires et passait son temps à l'agresser, lui faisait tellement de peine qu'elle aurait voulu le prendre dans ses bras.

— Avant d'envoyer un coup, il faut que tu fléchisses un peu les genoux, dit Molly.

— Me saoule pas.

— Et tu frappes depuis la hanche, poursuivit-elle en lui montrant au ralenti comment envoyer un direct du bras arrière. Tu stabilises bien le pied droit au sol, tu pivotes la hanche et tu frappes dans la rotation, comme un lanceur de poids. Et tu fermes le poing, serré au max, regarde, comme ça, sinon tu te bousilles les doigts.

Joel avait cessé d'envoyer des balles dans le filet. Il regardait Molly.

— Dans le menton, direct. Point vital. Ou dans la lèvre. Si tu veux qu'il saigne et qu'il y perde quelques dents. Ou alors là.

Elle se tapota le nez.

Molly répéta le geste, lentement d'abord, puis plus vite. Elle était si près de Joel qu'il eut un mouvement de recul quand elle frappa l'air devant lui.

— Tu vois ? demanda-t-elle.

Il ne répondit pas.

*Au moins, pas d'insulte*, pensa Molly.

Elle lui fit un signe de tête et s'éloigna en direction de l'orangerie. Elle n'avait pas besoin de se retourner. Elle savait qu'il la regardait partir.

# JONATHAN ROSENDALE

Devant l'armoire de bar en bois de rose, Rosendale se mixa un greyhound léger : pas trop de vodka, histoire de faire attention à sa santé. Il avala une grosse gorgée.

Molly Carver chez lui. Dingue.

Levant son verre en silence, il se félicita de l'avoir tout de suite reconnue et de donner si bien le change jusqu'ici. Quand même, il était surpris que sa disposition à accueillir la jeune femme n'ait pas éveillé sa méfiance.

Elle n'avait pas la même tête que sur les photos fournies par l'agence de détectives privés, mais Rosendale avait vu cette fille assez souvent pour la reconnaître même avec des cheveux courts.

Rosendale se servit un deuxième greyhound. Il opta cette fois pour le dosage réglementaire cinquante-cinquante.

Il ne savait pas encore quelle idée saugrenue avait conduit Molly Carver à accepter la commande d'un journal pour s'infiltrer chez lui.

Et qu'est-ce qui poussait un canard comme la *Gazette* à envoyer des reporters déguisés en employés de maison ?

Il ne restait que quelques jours avant l'exécution du père Carver. En attendant, Rosendale comptait bien surveiller sa fille. Une fois le père mort et enterré, un article de la petite Carver ne pourrait plus faire de vagues.

Rosendale continuerait à faire en sorte que Mlle Eli Pry obtienne tous ces détails inutiles dont les journalistes raffolent. Il l'inviterait au prochain cocktail. Elle assisterait à tout et ne comprendrait rien.

Rosendale sortit sur la terrasse. Il entendit au loin, sur le terrain de tennis, quelqu'un frapper des balles.

Il devait veiller à ce que son fils prenne ses médicaments, ça simplifiait les choses.

Il regarda du côté du terrain de tennis et aperçut la gamine, dans la pénombre, qui retournait à l'orangerie.

*Je te vois, jeune fille*, pensa-t-il, *je te vois comme en plein jour.*

# MOLLY

## *Onze jours avant l'exécution*

Molly était à bout : les jours filaient, et elle ne savait plus à quel saint se vouer.

M. Rosendale lui avait permis de rester, mais ce n'était pas comme ça qu'elle pourrait prouver l'innocence de son père. Elle avait le droit de tout regarder, d'aller et venir comme bon lui semblait, de se préparer un sandwich dans la cuisine de la villa ; seuls les deux étages supérieurs lui étaient interdits. « Il y a quand même des limites », avait dit Rosendale de ce ton paternel qu'elle détestait.

Molly en était persuadée : s'il y avait quelque chose à trouver, c'était à l'étage, dans la villa.

Ce soir-là comme les autres, allongée sur le sol en béton de l'orangerie, elle chercha sur Google « CASPER ROSENDALE » et examina la même photo pour la millième fois.

Elle ne ressemblait pas aux photos des albums que lui avait montrés le père Rosendale, c'était un cliché sur le vif publié dans l'annuaire du lycée.

*N'importe quel Américain connaît sans doute cette photo*, pensa Molly.

Casper y regardait l'objectif comme par hasard, surpris, et souriait de toutes ses dents blanches. Elle s'était toujours dit qu'il était beau sur cette photo, inaccessible, supérieur, l'Américain parfait. C'était avant d'avoir vu le garçon sombre de l'album familial.

*Qui pouvait bien avoir une raison de te tuer, Casper ?*

Elle pensa à ce qu'avait dit M. Rosendale le premier jour : la chambre de Casper existait toujours.

Elle n'avait plus que onze jours. C'était maintenant ou jamais.

Molly avala un Valoron, passa un jean, un T-shirt, et sortit sans chaussures pour ne pas faire de bruit. Les graviers du chemin s'enfonçaient dans la plante de ses pieds.

Molly se glissa dans la villa et tendit l'oreille. La maison bruissait dans la chaleur de la nuit.

Au centre du bâtiment, un espace dégagé de la taille d'un ring de boxe était surplombé d'un dôme en verre par lequel Molly apercevait la lune. En dessous, deux coursives superposées desservaient les pièces des deux étages.

Les sols étaient en pierre claire, les murs, hauts et peints en tons pastel, les meubles, épurés.

Pour Molly, il ne faisait aucun doute que les chambres des enfants se trouvaient au deuxième étage.

Au premier étage, il y avait la chambre des parents. C'était toujours comme ça là où elle faisait le ménage, dans ces demeures bourgeoises proprement alignées derrière leur façade en grès rouge.

Dans l'obscurité, Molly se dirigea vers l'escalier en marbre, posa ses pieds nus sur les marches blanc mat et, du dos de la main, effleura la tapisserie en soie. Elle ne savait pas s'il y avait quelqu'un dans la maison. Elle essayait de respirer sans bruit. Seuls résonnaient le tic-tac des horloges et le tapotis de ses pas.

Elle se sentait vaillante à cause de l'adrénaline, presque euphorique.

Au deuxième étage, les portes étaient pour la plupart entrebâillées. Trois d'entre elles donnaient sur des chambres d'amis, où Molly aperçut d'abord des affaires de golf, puis un banc de musculation et un rameur. Trois portes étaient fermées.

Molly s'approcha à pas de loup de la première porte. La poignée tournait, mais la porte était verrouillée.

D'emblée, Molly sentit qu'il y avait derrière quelque chose qui lui permettrait d'aller plus loin. Elle secoua la poignée.

Elle hésita un moment avant de passer à la porte suivante, l'ouvrit à demi, puis un peu plus, sans oser franchir le seuil.

Un poster de Nirvana était épinglé au mur. Sur l'étagère, une photo de l'équipe de football de Rosendale Highschool trônait à côté de la série complète des *Harry Potter* et de *L'Espagnol pour les nuls*.

La chambre de Casper.

Molly entra et regarda attentivement autour d'elle. Les surfaces brillaient comme si on avait fait le ménage quelques heures auparavant. Elle s'approcha de la bibliothèque et examina les différents volumes. Un vieux livre à la couverture jaunie sortait du lot : *Poèmes d'amour pour la Saint-Valentin. Les mots justes pour qu'elle tombe éperdument amoureuse*. Elle l'ouvrit. Sur chaque page ou presque, quelqu'un avait écrit à la main le prénom « Lou ». Molly coinça le livre dans la ceinture de son jean.

Elle parcourut la pièce sur la pointe des pieds.

Des années auparavant, les policiers avaient sans doute passé la pièce au peigne fin. Cherché des journaux, des lettres, quelque chose qui aurait révélé avec qui Casper avait pu être en contact juste avant sa mort. Une amie, un amant, un copain jaloux, un pédophile sur Internet. Ils avaient sûrement cherché une réponse à la question *Qui ?* puisque le *Pourquoi ?* menait à une impasse. Ou alors, après les aveux de Florentin Carver, ils n'avaient rien cherché du tout.

Molly fouilla le tiroir des caleçons, palpant soigneusement chaque couture. Tout le monde cachait quelque chose, y compris les jeunes gens de bonne famille. Surtout eux, peut-être.

Elle dépunaisa le poster pour inspecter le mur derrière. Elle tâta le parquet à la recherche d'une latte disjointe et feuilleta chaque livre. Elle se rendit à la salle de bains attenante et vérifia la chasse d'eau. Elle se sentait ridicule à jouer ainsi les Sherlock Holmes en quête d'indices, mais elle était tellement désespérée qu'il lui en fallait plus pour la freiner.

De retour dans la chambre, Molly, bras croisés, contempla le lit, les coussins beiges, le bois sombre des montants. Elle s'agenouilla et attrapa le tiroir de lit, qui glissa sans bruit. Il contenait des housses de couette aux couleurs d'équipes de basket, un skateboard avec des roues bleu layette, des oreillers, des peluches.

Tout occupée à fouiller les affaires de Casper, Molly faillit ne pas entendre les pas dans le couloir.

Quelqu'un venait.

Aussi discrètement que possible, elle se glissa dans le tiroir de lit et le referma sur elle en s'agrippant aux lattes du sommier. L'opération lui sembla durer une éternité.

Alors que la porte s'ouvrait déjà, Molly se rendit compte que le tiroir dépassait un peu. Elle sentit son sang lui brûler les veines. Elle retint son souffle, même sa respiration lui paraissait trop bruyante. Elle aurait voulu prier, mais rien ne lui vint à l'esprit.

C'est alors qu'elle vit le visage.

Elle faillit hurler. Au-dessus d'elle, coincée entre les lattes et le matelas, une poupée la fixait de ses yeux morts.

— Y a quelqu'un ? demanda une voix depuis le seuil.

C'était Joel.

Il referma la porte, et Molly entendit ses pas s'éloigner. Elle resta immobile dans le tiroir, les tempes battantes.

Au bout d'un quart d'heure, elle fit glisser vers elle la poupée coincée sous le matelas. Le plus silencieusement possible, Molly ouvrit le tiroir et s'en extirpa. La poupée était en plastique rigide et devait avoir coûté une petite fortune.

Pourquoi personne ne l'avait trouvée ?

Molly était convaincue que la poupée avait appartenu à Casper, et elle ressentit un vague élan de tendresse pour lui.

Elle la replaça dans le tiroir.

Il y eut comme un bruit de cailloux qui s'entrechoquent.

Molly reprit la poupée et la secoua. Quelque chose roulait à l'intérieur. Elle arracha la tête. Du corps de la poupée jaillirent deux douzaines de comprimés blancs, trois préservatifs et deux billets d'autocar émis dix ans plus tôt, le mois où Casper Rosendale avait été assassiné. Des billets à destination d'Albuquerque, au Nouveau-Mexique.

Molly fourra les comprimés et les billets dans la poche arrière de son jean, renfonça tant bien que mal la tête sur le cou de la poupée et la replaça là où elle l'avait trouvée.

*Il faut montrer ces billets à la police*, se dit Molly.

De toute évidence, Casper avait voulu fuguer. Elle tenait peut-être enfin un premier indice valable. Molly était tellement troublée qu'elle avait mal au cœur.

Elle longea le couloir à pas furtifs. Elle voulait sortir de la maison. Réfléchir.

— Tu fais quoi, là ? gronda Joel derrière elle.

Molly se figea.

— JOEL ?

La voix de M. Rosendale résonna dans la cage d'escalier.

Joel et Molly se regardèrent sans bouger. Aucun d'eux n'ouvrit la bouche.

— JOEL ? répéta le père Rosendale dans le silence, haussant encore un peu plus la voix.

Molly s'approcha de Joel et souffla :

— Je vais t'expliquer.

— JOEL ? Y A UN PROBLÈME ? tonna la voix d'en bas.

Molly sortit de sa poche les comprimés et les billets qu'elle tendit à Joel. Il plissa les yeux.

— C'est à ton frère, murmura Molly.

— HÉ HO ? s'entêtait M. Rosendale.

— Non, non, tout va bien ! lança Joel à son père dans la cage d'escalier.

Il entraîna Molly dans sa chambre. La porte claqua.

— Où t'as trouvé ça ? demanda-t-il.

— QUOI ? brailla Rosendale dans la cage d'escalier.

Molly posa un doigt sur ses lèvres en montrant d'un geste l'étage inférieur. Puis elle s'avança vers Joel, qui recula d'un pas. Elle approcha son visage tout près du sien et murmura :

— Chhhut.

Ses lèvres avaient effleuré l'oreille du jeune homme. Elle espéra qu'il ne s'en était pas rendu compte.

Quelques minutes plus tard, Molly et Joel se glissaient en silence dans l'escalier.

Molly se dirigea vers l'entrée principale, mais Joel la retint par la main et secoua la tête. Il avait la peau beaucoup plus douce qu'elle. Serrant toujours la main de Molly, il ouvrit sur le côté une porte qui donnait dans le jardin. Ils se dirigèrent vers la roseraie, le visage baigné des effluves tièdes de la nuit. Des écorces collaient aux pieds de Molly.

— Tu peux lâcher, dit Molly.

Joel se laissa tomber sur un banc en pierre.

— C'est quoi, ces billets ? demanda Molly.

— Aucune idée. Ils étaient où ?

— Dans la poupée de Casper, coincée sous le lit. Je sais pas qui était chargé d'inspecter la chambre, mais c'était pas une flèche, en tout cas.

Le regard de Joel errait d'un bout à l'autre du jardin.

— Tu vas en parler dans ton article ? demanda-t-il.

Molly secoua la tête. Il fallait qu'elle avance, et elle avait l'impression que le jeune homme était sa seule chance de découvrir quelque chose ici.

— Je suis la fille de Florentin Carver, dit-elle.

Joel s'esclaffa.

— Ben voyons !

Molly attendit simplement la suite. Le ton de Joel changea.

— Tu es la fille de Flo ?

Elle hocha la tête.

Il prit le temps de respirer à fond.

— Tu te fous de ma gueule ?

— Non.

— C'est pour ça que tu t'appelles Carver ?

Molly attendit.

— J'hallucine. Ils vont l'exécuter bientôt.

— Possible.

— Je comprends maintenant pourquoi tu veux connaître la vérité.

Elle hocha la tête.

— Et si elle te plaît pas ?

— Quoi ?

— La vérité.

— Je ne vois pas ce qui pourrait moins me plaire que la peine de mort.

Joel se leva et effleura quelques boutons de fleurs du bout des doigts.

— Je me souviens à peine de lui, souffla-t-il.

— Pareil pour moi.

— Et tu veux que je t'aide ?

Elle voulait surtout qu'il ne la trahisse pas, mais elle fit oui de la tête.

— Allez.

— Quoi ?

— Je suis partant.

— Tu... quoi ?

— T'as bien fait de venir la nuit. Sinon mon père arrive toujours à tout savoir. Déjà, il a trouvé ça louche que tu viennes me parler sur le court.

Joel pensait apparemment qu'elle s'était glissée dans la maison pour lui demander de l'aide.

— C'est quoi, ces comprimés ? De la drogue ? s'empressa-t-elle de demander.

— J'en sais rien. Mais je vois pas Casper se défoncer.

— Et les billets ?

Joel haussa les épaules.

— Qui pourrait être au courant ? demanda Molly.

— Je sais pas.

— Et y a quoi dans la pièce fermée, au deuxième étage ?

— Laquelle ?

— Celle au fond du couloir. Elle est fermée à clef.

— C'est le bureau de mon père.

— Il y cache quoi ?

— Qu'est-ce que tu veux qu'il cache ? C'est son bureau. Tu crois qu'on rentre là-dedans comme dans un moulin ?

Joel s'était rassis près d'elle. Ils se turent un moment, n'écoutant que les bruits de la nuit, les grillons, une voiture qui passait dans la forêt aux abords de la propriété.

— Pourquoi est-ce que ton père veut qu'il soit exécuté ? demanda Molly.

— Tu devrais pas plutôt te demander pourquoi Flo veut être exécuté ?

Molly ne sut pas quoi répondre. Bien sûr, son père avait avoué le meurtre. Mais elle était certaine qu'il ne pouvait pas l'avoir commis. Elle insista :

— Ton père pourrait demander au gouverneur de le gracier. C'est possible.

— Il pourrait aussi soutenir Amnesty International. Ça aussi, c'est possible. Mais il le fait pas.

— Persuade-le.

— Mon père pense que je suis dingue. Y a plus de chances qu'il t'écoute toi que moi.

Molly se tut.

*Pourquoi tu m'aides ?* se demandait Molly en silence tout en l'observant du coin de l'œil. *Qu'est-ce que vous cachez, tous ? Qu'est-ce qui peut être assez grave pour justifier qu'un fils trahisse son père ?*

Ils restèrent assis encore un moment.

— Et s'il était coupable ? demanda Joel.
— Alors quoi ?
— Tu essaierais aussi de le sauver ?
Molly réfléchit.
— Je suis sa fille.
— Mais si c'était lui ? insista Joel.
— Je le connais.
— C'est tout ?
— C'est assez.

★

À cinq heures du matin, Molly, allongée dans l'orangerie, savait qu'elle ne parviendrait plus à s'endormir. Elle avala un Valoron. En voyant le tube encore presque plein, elle se sentit rassurée.

Elle se doucha et s'assit devant le bâtiment, sur la marche, avec le livre *Poèmes d'amour pour la Saint-Valentin. Les mots justes pour qu'elle tombe éperdument amoureuse.* Casper avait souligné quelques mots sur chaque page ou presque. Et sur chaque page ou presque était inscrit le prénom « Lou ».

Quand le soleil se leva, Molly aperçut quelques plumes éparpillées dans l'herbe, près de l'orangerie. Elle suivit leur trace. Au milieu de la pelouse, sous le ginkgo biloba, une colombe gisait. Tuée d'un coup de dent.

# CASPER

*Dix ans plus tôt*
*Vingt-quatre jours avant sa mort*

Il était tombé beaucoup de neige pendant cet hiver avec Lou. Depuis des semaines, des nuages flottaient devant ma bouche quand je respirais. Il faisait tellement froid que certaines nuits, dans la forêt, le tronc des sapins se fendait.

Je suis allé retrouver Flo qui dégageait la neige dans l'allée. L'immense ginkgo se dressait, nu et seul, au milieu de la pelouse couverte d'un manteau blanc.

— Je crois que je suis amoureux finalement.

— Prends la pelle, là.

— Quoi ?

— Là devant.

— Mais je venais juste pour te poser une question.

— On parlera de Lou quand l'allée sera dégagée. En attendant : déneige !

On a déneigé jusqu'à la tombée du jour. Ma doudoune me tenait trop chaud, et j'ai commencé à transpirer.

Après avoir nettoyé l'allée, on s'est assis dans l'orangerie, le dos contre le radiateur. J'avais les joues en feu. Mes mains étaient si froides qu'en se réchauffant, elles m'ont d'abord fait mal. Flo a versé du rhum dans deux gobelets et m'en a tendu un.

— Pourquoi tu trembles comme ça, ces derniers temps ? ai-je demandé.

Flo a posé sa tasse par terre et enfoui les mains dans ses poches.

— Le froid, c'est tout. Alors, cette Lou ?

J'aimais entendre son nom. J'ai baissé la tête et rougi.

— Selon moi, t'as pas grand-chose à faire, a repris Flo. T'es quelqu'un de bien. Il faut juste que tu passes plus de temps avec elle. Elle s'en rendra compte toute seule.

— Mais elle traîne avec personne du lycée.

Sans compter que je n'aurais jamais osé l'aborder.

— Bon, mais qu'est-ce qu'elle aime dans la vie, cette fille ?

— Comment tu veux que je le sache ?

Flo a attendu patiemment.

— Les chemises en flanelle, la crosse, l'herbe, Candy Crush, et elle mange des céréales au chocolat pendant les pauses, toujours les mêmes, sans lait. Et puis elle chante dans la chorale de la communauté baptiste.

En énumérant tout ça, je me suis fait l'effet d'un stalker.

— C'est quoi, Candy Crush ?

— Un jeu, sur le téléphone.

— Elle aime la poésie ?

— J'en sais rien.

— Je dirais que oui.

— Elle veut ouvrir un bar à Santa Fe. C'est où, d'ailleurs ? ai-je demandé alors que j'avais regardé au moins cinq fois sur Google.

— Au Nouveau-Mexique.

— C'est là qu'elle veut aller.

— Elle a le goût du lointain, ta prof de soutien.

— Et moi, je fais quoi ?

— Emmène-la danser.

— Jamais de la vie !

— Tu sais chanter ?

Il m'a fallu deux semaines pour rassembler mon courage, et, un peu avant Noël, je suis allé pour la première fois à une répétition de la chorale baptiste. Je n'avais rien mangé de la journée, mais j'ai quand même failli vomir dans le cimetière avant la répétition tellement j'étais nerveux.

En poussant la porte de l'église, j'avais l'impression qu'elle pesait une tonne.

L'intérieur était en bois blanc. Un tapis couleur pourpre couvrait le sol de l'allée centrale.

Ils étaient peut-être une trentaine de jeunes à faire des gammes devant l'autel. Archer, le policier, les accompagnait sur un piano numérique blanc. À voir sa silhouette pleine de muscles et son cou raccourci, on aurait cru à une caricature. Je m'étais dit qu'en arrivant juste avant le début de la répétition, je me ferais moins remarquer, mais de toute évidence, je m'étais trompé. La répétition avait déjà commencé. Archer m'a regardé, s'est arrêté de jouer et a fait un signe : la chorale s'est tue.

— Nous sommes en répétition.

— C'était pour savoir si je peux participer…

Lou se tenait à côté de Jésus. Elle portait sa chemise en flanelle trop large, et mes mains étaient moites.

— Basse ou ténor ? a demandé Archer.

— Je sais pas.

— Alors basse ! À gauche, là. Les partitions sont juste devant.

Le programme ne comportait ce jour-là que des chansons de Disney.

J'essayais de chanter aussi bas que possible, persuadé qu'on n'entendrait que moi, mais personne ne semblait me prêter attention. Ma voix se perdait dans le pêle-mêle des voix cristallines ou grossières, aigües ou graves. Le bourdonnement résonnait dans ma poitrine. Je savais que, quelque part dans cet océan sonore, ma voix rejoignait celle de Lou, et c'était tellement agréable que tout me semblait possible. Bientôt, je chantais sans retenue avec les autres.

Archer a levé la main et fermé le poing. Tout le monde s'est tu, mais comme je venais de regarder Lou, j'ai continué.

— Seulement les hommes, s'il vous plaît !

On chantait un morceau de *La Petite Sirène*. En entendant ma propre voix, j'ai su que c'était une erreur d'être venu.

— Seulement le dernier rang, s'il vous plaît !

Nous étions quatre au dernier rang, et je m'étais remis à chanter aussi bas que possible. Pour finir, je me suis contenté de remuer les lèvres.

Archer a plissé les yeux et, sans lever la tête, il a lancé :

— Rosendale, reprenez en solo, s'il vous plaît.

— Moi ?

Ma voix s'est brisée sur la diphtongue dans un coassement, et j'ai compris que je n'avais jamais vraiment fini de muer, que chanter dans cette chorale était l'idée la plus débile que j'avais jamais eue, et qu'aux yeux de Lou, je serais désormais le plus grand loser de la planète.

Des dizaines d'yeux étaient braqués sur moi. Une fille a chuchoté quelque chose à l'oreille de sa voisine. J'ai regardé Lou et elle m'a regardé. Impassible. J'ai levé les yeux vers les larges fenêtres de l'église. La neige tombait à gros flocons. J'ai pensé à Flo et au jour où on avait parlé tous les deux, assis contre le radiateur de l'orangerie.

*Les vainqueurs prennent leur courage à deux mains, passent pour des bouffons et décrochent la fille de leurs rêves.*

— Monsieur Rosendale ? a appelé Archer.

Aucun doute qu'il tutoyait tous les autres membres de la chorale et les appelait par leur prénom.

— Je vous attends, ai-je affirmé.

Archer a joué les premières mesures. Bien qu'incapable de lire les notes, je fixais ma partition. J'allais me couvrir de honte, j'en étais conscient, mais pendant un instant, il m'a aussi semblé que j'allais avoir mon heure de gloire. Une défaite soignée ne va pas sans une certaine dignité.

Archer jouait allegro. Je suis certain qu'il levait de temps à autre les yeux de son piano et me regardait, furieux. Il a joué le morceau d'une traite. Je ne pense pas qu'il y ait déjà eu un solo comme le mien dans la First Baptist Church de Rosendale. J'ai chanté cette chanson de *La Petite Sirène* comme un possédé, comme une casserole, une gamelle, mais avec la dévotion de celui dont la vie en dépend.

Après la dernière note, les choristes sont restés à me dévisager. Une lame du parquet a craqué. Archer s'est levé de son tabouret. J'ai regardé Lou. Elle a souri et frappé deux fois ses mains l'une contre l'autre. J'aimais ses dents irrégulières, les taches de rousseur qu'elle avait même en hiver, et le naturel avec lequel elle abordait les choses. Elle riait de moi, sans doute, mais elle riait. Et ça, c'était grâce à moi. C'était déjà une récompense.

— Bon…, a déclaré Archer d'une voix ténue, l'air de ne plus savoir où il en était.

Je ne peux toujours pas m'expliquer comment ça m'est venu, mais c'est là que j'ai dit :

— Je vous en prie, vous pouvez poursuivre.

Après la répétition, Archer m'a fait signe de venir le voir au piano.

— Malheureusement, ça n'était pas vraiment concluant, a-t-il dit assez fort pour que tout le monde l'entende.

— Je sais, je suis désolé.

— Qu'est-ce que tu viens faire ici ?

— Apprendre.

— Nous ne sommes pas une chorale professionnelle, fiston. Je n'interdis à personne de chanter avec nous. Mais tu as déjà pensé à apprendre un instrument, peut-être ?

Le dimanche qui a suivi, je suis arrivé un quart d'heure plus tôt à la messe et j'ai rejoint les choristes. Il m'avait fallu user de toute ma force de persuasion pour empêcher Joel de m'accompagner.

Quand Archer a levé les yeux de son piano, son regard s'est arrêté sur moi pendant plusieurs secondes.

Lou n'est arrivée à l'église que quelques minutes avant le début de la messe, elle a remonté l'allée pourpre sans se presser et elle est venue se poster à côté de moi alors que les voix sopranes se trouvaient de l'autre côté du demi-cercle.

Après le premier chant, elle s'est rapprochée un peu plus, j'ai senti l'odeur de son shampoing pour filles, le contact du tissu de sa robe blanche sur ma main, et j'ai su que Flo avait eu raison sur toute la ligne.

Lou était tout contre moi, son souffle sentait le chewing-gum à la cannelle. Quand elle m'a pris la main, je me suis demandé si elle voulait me charrier, si c'était une blague et si les autres allaient tout à coup se retourner et s'esclaffer en me regardant. Mais Lou était simplement là, avec moi, au dernier rang du chœur, elle chantait son *Kyrie eleison* et regardait droit devant elle, dans la direction d'Archer, en tenant ma main moite de sueur sans que personne ne puisse le voir. Quand le pasteur a ensuite invité l'assemblée à échanger un geste de paix, Lou a vite relâché son étreinte et m'a tendu la main.

— La paix soit avec toi, ai-je dit timidement.

Elle a pris ma main dans la sienne et posé l'autre sur mon épaule comme font les grands-pères avec leurs petits-enfants. Lou a avancé son visage vers le mien, je n'osais plus bouger. Elle a demandé :

— Vous avez une perceuse à glace ?

## MOLLY

### *Dix jours avant l'exécution*

Le commissariat de police de Rosendale était situé dans l'ancienne école primaire, à la lisière de la forêt, un peu à l'écart du centre-ville en direction de Marbletown. Quand Molly arriva sur place, le T-shirt qu'elle portait sous sa chemise était trempé de sueur. Elle était venue par la forêt.

Molly voulait montrer aux policiers les comprimés qu'elle avait trouvés dans la chambre de Casper et les faire analyser.

Elle espérait que ça déboucherait sur quelque chose. C'était l'espoir de la dernière chance, mais c'était plus que ce qu'elle avait eu pendant des années.

À l'intérieur, l'air tournoyait en colonnes de chaleur étouffante, ils devaient avoir un problème avec la clim.

La secrétaire avait la tête dans les épaules, les cheveux blonds et un sourire de belette timide.

— Molly ? demanda-t-elle quand la jeune femme s'approcha de son bureau.

Molly rougit aussitôt et réprima l'envie de prendre ses jambes à son cou.

— Pardon ?

— Qu'est-ce que tu viens faire par ici, ma belle ?

— Je… je suis Eli Pry.

— Depuis quand ?

Molly voyait la porte ouverte qui menait au bureau du chef de la police, juste derrière la secrétaire.

— Molly, c'est moi, Bev. Ta voisine ! Je jouais toujours à t'attraper dans le *trailer park* quand on était petites.

*Merde*, pensa Molly.

Elle reconnaissait Beverly-Lynn à présent. Les fossettes, les dents écartées, les doigts potelés. Putain, elle allait tout faire rater.

— Je. Suis. Eli. Pry, dit Molly, en posant sur ses lèvres un index qu'elle pointa ensuite vers le bureau, derrière Beverly-Lynn. Je suis journaliste et j'aimerais voir le chef de la police.

Beverly-Lynn fronça les sourcils :

— Euh…, fit-elle, puis elle hocha la tête et demanda lentement : Journaliste ?

— Voilà, affirma Molly à voix basse, les deux mains posées sur la poitrine en signe de gratitude.

Beverly-Lynn sourit d'un air entendu, mais déclara :

— C'est chargé, comme journée, ma belle… Malheureusement, je ne peux plus rien ajouter sur le planning du chef. Faut pas m'en vouloir. On fixe un rendez-vous pour la semaine prochaine ?

— C'est *vraiment* urgent.

Molly et Beverly-Lynn s'observaient l'une l'autre sans cesser de hocher la tête.

Un écriteau posé sur le bureau de Beverly-Lynn disait : « ICI, ON VOUS ACCUEILLE AVEC LE SOURIRE. »

Celui de Beverly-Lynn était inébranlable. Celui de Molly aussi, bien qu'obtenu de haute lutte.

Un carton de douze donuts trônait devant Beverly-Lynn, une machine à café glougloutait dans un coin. Autour d'elle, la bannière étoilée était déclinée sous toutes ses formes.

De petits drapeaux en papier ornaient son bureau, à gauche et à droite. Derrière, un aigle grandeur nature déployait ses ailes en porcelaine aux couleurs de l'Amérique.

— C'est une pièce de collection, expliqua Bev en remarquant le regard de Molly.

Cette dernière concentra de nouveau son attention sur Beverly.

— S'il te plaît…

— Darling…

— Fais-la entrer, Bev, lança le chef de la police depuis son bureau.

Beverly-Lynn, toujours souriante, fit un clin d'œil à Molly.

Le chef de la police ajouta :

— Et donne-lui un donut.

Molly n'avait aucune envie d'un donut.

Beverly-Lynn souriait encore, mais son regard s'était assombri. Elle remplit une tasse de café, posa un donut luisant sur une assiette en carton et tendit le tout à Molly, le pouce pointé vers le bureau du chef.

Au moment de franchir le seuil, Molly hésita un instant en voyant le policier. La tasse oscilla dans sa main. Le café brûlant déborda, mouillant sa chemise et lui ébouillantant le ventre.

Le chef de la police, sourire aux lèvres, ouvrit le distributeur de serviettes en papier fixé au mur, prit toutes celles qu'il contenait et les tendit à Molly. Puis il lui serra la main.

— Steve Archer. Je vous en prie.

Et d'un geste, il l'invita à s'asseoir.

Archer prit place à son bureau dans un gros fauteuil mou qui avait des airs de trône. Il regarda Molly dans les yeux, avec gentillesse et curiosité, et leva les sourcils.

— Que puis-je faire pour vous ?

Il avait la mâchoire carrée, les cheveux coupés en brosse et le torse bombé de ceux qui passent trop de temps sur un banc de muscu. Il portait à la poche de son uniforme un badge sur lequel était inscrit « STEVE M. ARCHER » en caractères d'imprimerie blanc sur fond noir. Il ne devait pas avoir plus de trente-cinq ans. Avec ses jambes maigres et ses épaules imposantes, Molly trouvait qu'il ressemblait à une chips tortilla.

Elle entreprit de dérouler l'histoire qu'elle avait imaginée.

— Je viens du *Columbia Daily Spectator*, un journal étudiant.

Elle avait cherché sur Internet, c'était le journal de Columbia, à New York. Molly était allée un jour dans cette université, avec sa classe de première. À l'époque, elle avait séché les conférences organisées, passé la journée à la bibliothèque et rêvé d'être quelqu'un d'autre. C'était aussi l'université de son dealer, et cette idée plaisait à Molly.

— Columbia. Eh ben ! Rappelez-moi, votre nom, c'était…

Molly s'essuya le front avec l'une des serviettes qu'Archer lui avait données.

— Eli Pry, pardon, dit-elle en buvant une gorgée, j'ai pas encore pris de café aujourd'hui.

Il nota le nom sur une feuille et pointa son stylo sur le donut qu'elle avait dans la main.

— Ils sont au cidre. Attention, ça rend accro.

Dans la pièce voisine, le cliquetis du clavier qu'on entendait par la porte ouverte marqua une courte pause.

Archer posa sur le bureau quelques autocollants avec l'inscription « JE SOUTIENS LA POLICE DE ROSENDALE ».

Il ouvrit un tiroir et ajouta aux autocollants un écusson portant le même motif.

— Tenez. Ces trucs ont beaucoup de succès ici.

Puis il ajouta plus bas :

— Difficile à croire…

Molly se demandait pourquoi il était si gentil.

— Je viens au sujet de Casper Rosendale.

Archer, s'il était surpris, n'en laissa rien paraître.

— Les reporters qui viennent pour le festival annuel du cornichon sont rares.

— Vous aviez participé à l'enquête, à l'époque ?

— Affirmatif. L'une de mes premières affaires. Je sortais tout juste de l'école de police. Alors, ce donut, il est comment ?

Molly mordit dans son donut, mâchonna la pâte, la bouche poisseuse de glaçage. Jamais elle ne pourrait avaler ça. Le sucre fondait entre ses doigts et se mêlait à la sueur. Archer se leva, lui tourna brièvement le dos, écarta d'une main les lames du store et regarda dehors. Molly cracha le pâton dans la serviette en papier qu'elle avait toujours dans la main.

— Délicieux ! J'adore.

Elle fourra les serviettes dans la poubelle sous le bureau avant qu'Archer ne revienne s'asseoir.

— Vous connaissiez bien Casper ? reprit-elle aussitôt.

— Moi ?

— Oui.

Molly attendit.

— Plutôt bien, oui. Il y a six mille habitants à Rosendale, vous savez. Je connais tout le monde, ici. Ça fait partie du boulot. On se connaissait de l'église baptiste. C'est moi l'organiste. Étonnante voix de basse, le petit Rosendale. C'est précieux, les basses, on n'en a jamais assez.

Molly se leva, et Archer fit aussitôt de même, mais Molly ne s'était pas levée pour partir. Elle voulait seulement accéder à la poche de son pantalon. Elle sortit les comprimés et les posa devant Archer, sur le bureau.

— Ça vient de la chambre de Casper.

Archer la regarda sans comprendre tout de suite.

— De sa poupée.

Archer baissa les yeux sur les comprimés, puis regarda Molly en face.

— Je ne vous suis pas vraiment, là.

— Les cachets étaient à Casper. Enfin, je suppose. En tout cas, ils étaient cachés sous son lit.

— Et comment vous avez su ça ?

— Je le sais, c'est tout. Protection des sources.

Archer l'observait, l'air de ne pas croire un seul mot.

— OK, mademoiselle Pry, et je suis censé en faire quoi, de ces comprimés ?

— C'est important de savoir si c'est de l'aspirine ou autre chose, non ?

— Pourquoi ? L'affaire est classée.

— Et si le coupable était quelqu'un d'autre ?

— Pourquoi est-ce que ça devrait être quelqu'un d'autre ?

— Il y a des indices.

— J'apprécie votre enthousiasme, vous savez, mais mettez-le de côté une seconde et essayez de comprendre ma position. Nous vivons dans un pays libre, je ne peux pas vous empêcher de remuer tout ça, mais je crois que les gens du coin ont assez souffert. Et au cas où ça vous aurait échappé pendant vos investigations : le meurtrier a avoué.

Archer jeta un coup d'œil à sa montre et tapota le cadran :

— Mademoiselle Pry, je vous remercie d'être venue, mais les affaires m'appellent.

Il se leva.

— N'oubliez pas votre écusson.

Après avoir ramassé les comprimés et l'écusson, Molly quitta le bureau sans un au revoir, sa tasse de café toujours dans la main. Elle sentait pulser sa carotide.

— Et soyez prudente, ajouta Archer.

Les yeux rivés sur le paquet de donuts, Beverly-Lynn faisait rouler sa chaise de bureau en souriant comme pour une séance de gymnastique faciale.

— Bien joué, lança-t-elle à voix basse en fermant ses deux petits poins ronds.

Puis elle tendit à Molly un papier sur lequel était inscrit un numéro de téléphone à l'encre bleue.

— Merci pour le café, dit Molly, et elle sortit.

Elle était encore sur le parking qu'elle tirait déjà son portable de sa poche pour écrire un message. Elle fit de son mieux pour adopter un ton léger.

MOLLY : Ça alors, Bev, ça m'a fait plaisir de te voir. Toi, dans la police… dingue ! Et au fait, merci de m'avoir couverte. Appelle-moi stp. Bientôt, d'accord ? J'ai besoin de ton aide. XX Molly.

Devant le commissariat, elle jeta l'écusson dans la poubelle.

⋆

Peu après, Molly s'installait à une table du diner, au centre-ville. Elle consultait son téléphone toutes les trois minutes, impatiente de savoir si Beverly-Lynn lui avait déjà répondu.

— Tiens, la fouineuse ! dit le patron du diner en repérant Molly.

— Je veux juste boire un thé glacé, OK ?

L'homme la dévisagea un peu trop longuement.

— Un problème ? demanda Molly.

— Tu me rappelles quelqu'un…

— Ça arrive tout le temps, s'empressa de dire Molly. J'ai un visage passe-partout.

Il la regarda encore un moment, perplexe, puis partit lui chercher son verre de thé glacé.

Avec un soupir de soulagement, Molly prit son téléphone et tapa un message pour Juliette.

MOLLY : Je peux écrire un article dans ton journal ?

Elle avait souvent envisagé la possibilité de s'adresser directement au vrai meurtrier dans une lettre ouverte, mais chaque fois rejeté cette option. L'idée que le vrai meurtrier puisse lui répondre ne lui semblait pas réaliste, et puis c'était exactement le genre de mise en lumière qu'elle détestait. Mais ce qu'elle détestait ou ne détestait pas était désormais sans importance.

JULIETTE : Genre quoi ? ☺

MOLLY : Lettre ouverte au vrai meurtrier.

JULIETTE : ?

MOLLY : Lettre ouverte au meurtrier de Casper Rosendale.

JULIETTE : Pourquoi ? Tu en es où de tes recherches chez les R ?

MOLLY : Partante ou pas ?

JULIETTE : Les épreuves sont dans 4 heures, si ça doit paraître demain ☺.

MOLLY : OK.

★

Lettre ouverte au meurtrier de Casper Rosendale

*Mon nom est Molly Carver, je suis la fille de Florentin Carver. La fille de l'homme qui, dans moins de deux semaines, sera exécuté pour votre crime.*

*Mon père n'est pas un meurtrier. Et vous le savez.*

*Mon père a avoué, c'est vrai, et il connaissait des faits que seul le coupable pouvait connaître. Je ne l'ai pas innocenté, c'est vrai aussi. J'étais jeune, j'étais nerveuse, je n'ai pas su me souvenir. Et il n'avait donc pas d'alibi.*

*Si vous permettez que mon père meure, je vous poursuivrai toute ma vie, je vous trouverai, et je vous obligerai à faire face à vos responsabilités.*

*Aidez-moi à innocenter mon père.*

*molly.carver.ny@gmail.com*

★

Dans la soirée, Joel Rosendale, assis dans la balancelle, se prélassait sur la véranda en marbre, des écouteurs dans les oreilles. Il mangeait une pêche.

Molly le rejoignit.

Il lui sourit d'un air joyeux ou moqueur, elle ne savait pas vraiment.

— Viens, je vais te montrer un truc, dit-il, et il expédia le noyau de pêche dans un rosier, tout près de Molly.

— Pas le temps.

— Me saoule pas.

— J'écris une lettre au vrai meurtrier.

Joel regarda Molly d'un air interrogateur. Elle lui tendit son portable pour qu'il puisse lire ce qu'elle avait rédigé dans le diner.

— Ça paraîtra dans la *Gazette*, dit-elle.

Il secoua la tête.

— Ça va changer quoi ?

— Peut-être quelque chose.

— « Je vous poursuivrai toute ma vie » ?

— Oui, bah, c'est le premier jet.

— Tu imagines qu'un meurtrier qui s'est caché pendant dix ans va tout à coup se dire, juste parce que tu lui écris une lettre : « Allez, je vais faire signe à la fille maintenant, sinon elle va me poursuivre toute sa vie » ?

Molly baissa les yeux.

— T'es pas très futée, dans ton genre, hein ?

— Qu'est-ce que tu veux que je fasse d'autre ?

— Je te l'ai dit : je vais te montrer un truc. Fais-moi confiance, c'est tout.

Molly aurait voulu le contredire, mais il avait raison. Une lettre ne changerait rien et risquait en plus de la faire repérer.

— OK, Joel. Alors on y va.

Une demi-heure plus tard, Molly et Joel filaient sur l'autoroute dans le cabriolet de Joel. Joel avait les cheveux au vent. Il était en excès de vitesse permanent, ce que

Molly trouvait stupide, mais agréable. Il chantait à tue-tête, ne tenait le volant que d'une main. Son parfum, songeait Molly, sentait l'océan.

Dans un village, Joel s'engagea sur une petite route tortueuse qui rejoignait les rives de l'Hudson. Ils s'arrêtèrent. Joel descendit de la voiture.

Molly l'imita quand il escalada un portail, puis le suivit entre les roseaux sur un sentier boueux qui menait au fleuve.

— Casper et moi, on venait parfois pique-niquer ici, avant.

Il faisait doux, des bestioles stridulaient dans les roseaux, l'Hudson s'étendait ici sur plus d'un kilomètre de large. Sur l'autre rive, quelques lumières scintillaient dans les villas construites sur la pente.

Le portable de Molly vibra.

JULIETTE : Molly, on en est aux épreuves. Où est la lettre ?

Molly coupa son portable.

Joel et Molly s'assirent sur un tronc d'arbre renversé, au bord de l'eau.

— Qu'est-ce qui se passe, en fait, entre ton père et toi ? demanda Molly.

— Il pense que j'ai un pète au casque.

— Pourquoi ?

— Peut-être parce que c'est le cas.

— C'est pour ça qu'il te frappe ?

Joel ne répondit pas. Il n'arrêtait jamais de bouger, agitait les pieds, tambourinait sur l'écorce.

— Pourquoi tu restes ici ?

Il secoua la tête.

— Tu te la joues psy ou quoi ?

— Oui.

— Ici, au moins, je suis un Rosendale.

— Elle en dit quoi, ta m-m-m-mère, que ton père te tabasse ?

Il haussa les épaules.

— Elle est où ?

— Dans un centre de pleine conscience, Blue Moon. Rien que le nom, c'est tellement con, pas vrai ? Pas très loin d'ici.

— Qu'est-ce que ton père cache dans son bureau ? demanda Molly.

— Sympa, la transition.

— Qu'est-ce qu'il cache ?

— J'en sais rien.

Molly tourna le dos à Joel et regarda dans l'autre direction.

— Il y a forcément quelque chose, dit-elle.

Les grenouilles coassaient autour d'eux. Pour la première fois depuis le début de la journée, depuis qu'elle avait feuilleté le recueil de poésie, le pouls de Molly se rapprochait de la normale.

Un long moment s'écoula avant que Joel prenne la parole.

— On n'a jamais vraiment intéressé personne. Il fallait qu'on reste tranquilles, qu'on ait les ongles propres et qu'on coure pas sur les parquets, au premier étage. J'avais cinq ans le jour où j'ai eu le droit de manger pour la première fois à table avec mes parents, avant ça on mangeait toujours avec la nourrice.

— Ton père le frappait aussi ?

— Non, répondit Joel trop vite.

Molly se demanda pourquoi il mentait.

— Comment ça se fait que ton père soit emprisonné en Pennsylvanie ? demanda-t-il.

— Parce que c'est là qu'on a trouvé le corps. Ce qu'on sait pas, c'est pourquoi le coupable a conduit Casper jusque là-bas.

Molly écoutait les bruissements du fleuve. La seule explication qu'elle avait était absurde. Contrairement à l'État de New York, la Pennsylvanie appliquait la peine de mort. Comme si le coupable avait voulu risquer d'être exécuté. Ou comme si, depuis le début, le plan avait été de faire taire son père pour toujours.

Joel fit craquer ses doigts.

— Mon père dit que tu bégaies. Mais tu bégaies presque jamais. C'est moi qui délire ou quoi ?

Molly préférait éviter les conversations sur son bégaiement ou sur elle. Elle n'aimait pas être le nombril du monde. Elle n'était même pas capable de prononcer *nombril.* Elle ne bégayait pas à cause d'une anomalie génétique ni parce qu'elle avait peut-être la même maladie que son père. Elle bégayait en plus de tout le reste. Elle était bourrée d'erreurs, voilà tout.

Elle sentit Joel se rapprocher, leurs dos se touchaient. Contre elle, la chaleur de Joel. Elle s'éloigna de quelques centimètres, alors qu'elle aurait voulu rester assise ainsi. Elle attrapa un brin d'herbe qui poussait sur le tronc mort, et se mit à le déchirer en petits bouts.

— Viens, on continue, proposa-t-elle.

*Une personne normalement constituée ne peut pas comprendre*, pensa Molly.

Ce bégaiement. Ce sentiment d'être constamment de travers à l'intérieur. Toujours un peu à côté de la plaque.

De ne jamais dire ce qu'on veut vraiment dire. De chercher des détours. De trébucher sur soi-même. D'avoir une peur panique d'un simple coup de fil et de ne jamais téléphoner. L'effet que ça fait, au spectacle de l'école, de rester sur le bord de la scène pendant une heure et demie, sans un mot, et de jouer le rôle du caillou.

Joel tendit la main derrière lui et la posa sur celle de Molly. Elle la retira aussitôt.

— Pourquoi est-ce que tu veux pas savoir si t'as ce truc génétique ? demanda-t-il avec douceur.

C'était une vraie question, pas une provocation, Molly l'entendit dans sa voix. Elle avait effacé de sa mémoire le fait qu'il avait lu la lettre.

Cette maladie. Huntington. Si elle était porteuse du gène, la maladie se déclarerait un jour ou l'autre, quand elle aurait quarante ans peut-être, peut-être plus tôt. D'abord, il y avait les troubles de l'équilibre, puis la perte du langage. Un jour, elle commencerait à trembler et, peu à peu, elle agiterait les bras sans le vouloir. À cinquante ans, elle serait morte, cinquante-cinq ans avec un peu de chance, ou de malchance. Molly voulait en parler. Et elle ne voulait pas en parler. Elle voulait hurler, crier à Joel qu'elle ne savait même pas comment allait son père. Lui, il l'avait, la maladie. Elle se demandait s'il pouvait encore marcher. S'il bavait, s'il avait les pensées claires. Elle voulait s'égosiller, demander pourquoi cette mutation génétique touchait justement sa famille. Comme s'ils n'avaient pas assez de problèmes. Est-ce qu'elle voulait savoir si elle était porteuse du gène défectueux ? C'était du cinquante-cinquante. À quoi ça lui servirait de savoir qu'elle tomberait malade jeune et que sa mort serait une longue souffrance dégradante ?

**La nuit tombait.**

Elle se taisait.

Il se taisait.

— Regarde, la Grande Ourse, finit par dire Joel.

Molly leva la tête et ne vit que des étoiles.

— Tu sais ce que c'est, la plus grande arnaque de tous les temps ? demanda-t-elle.

— Quoi ?

— Les constellations.

Joel pouffa. Il avait une voix caressante, sombre comme toujours, une voix que Molly aimait entendre. Elle savait qu'il lui cachait quelque chose, mais elle était quand même heureuse qu'il soit là. C'était bon de ne pas être seule. Elle aurait dû avoir honte de penser comme ça, mais elle était bien parce qu'elle sentait que Joel était paumé lui aussi, même si c'était d'une autre manière.

Il se tourna vers elle, cingla l'air maladroitement, poing fermé.

— Comme ça ?

Il avait replié ses doigts sur son pouce comme un enfant. De cette manière, les articulations céderaient au premier coup.

Elle saisit sa main et positionna son pouce correctement, à l'extérieur, contre les autres doigts.

— Tu sais quelle est la seule planète de notre système solaire qui ne tient pas son nom d'un dieu ? demanda Joel.

Il ne riait plus.

Elle garda sa main serrée dans la sienne un peu trop longtemps.

— La Terre, dit-il.

Sur le trajet du retour, ils n'échangèrent pas un mot.

# MOLLY

## *Neuf jours avant l'exécution*

Molly Carver était déjà réveillée quand les premiers rayons du soleil pénétrèrent par le toit de l'orangerie. Elle se demanda quelle était la quantité de sommeil vraiment nécessaire à l'être humain. Elle avait avalé trois Valoron pour se calmer avant le lever du jour. Autour d'elle, tout papillotait un peu.

Molly se lava le visage à l'eau froide. Le miroir lui renvoyait l'image d'une figure grotesque aux yeux cernés. Elle prit appui sur le lavabo.

— Allez, dit-elle au miroir.

Puis elle écrivit un cinquième SMS à Beverly-Lynn, la secrétaire de la police, qui ne lui avait toujours pas répondu.

Elle sortit dans le parc à la rencontre du petit matin. L'air sentait la rosée et l'herbe coupée.

Plus bas, sur le lac, une maman canard nageait avec ses petits. Molly les observa un moment et son cœur se serra.

L'endroit où Molly avait grandi était un endroit sans mère.

*Il faut que je parle à Tiffany Rosendale*, songea Molly.

Celle qui avait été longtemps la pin-up du lobby américain des armes et dont Joel avait dit le premier jour qu'elle venait tout droit des enfers.

Le trajet en Uber jusqu'au centre de pleine conscience durait trois quarts d'heure. Jamais Molly n'avait payé un trajet aussi cher.

Blue Moon, situé en pleine forêt, ressemblait à un hôtel de luxe. On avait même pensé aux graviers blancs dans l'allée centrale.

Molly sonna avant que sa nervosité l'en empêche.

Une petite femme aux cheveux rasés, vêtue d'un froc bleu, ouvrit la porte et attendit sans dire un mot. Encouragée par son silence, Molly se lança :

— Je viens pour Tiffany.

La femme s'inclina et disparut. Molly était soulagée d'avoir pu faire l'économie du nom Rosendale.

La porte s'entrebâilla.

Les photos des albums de famille ne rendaient pas justice à Tiffany Rosendale. Elle était encore plus belle en vrai. Elle paraissait dix ans de moins que son mari et se tenait si droite qu'on aurait cru sa tête suspendue à un fil invisible. Elle portait un legging noir et l'un de ces pull-overs hors de prix, trop larges et déjà délavés à l'achat. Le visage de Tiffany affichait une symétrie parfaite. Son teint ivoire était lumineux, sa chevelure blonde, brillante. Ses yeux étaient deux billes bleues étincelantes, rondes et dures.

Tiffany examina Molly : elle scruta d'abord son visage, puis sa chemise blanche ample, comme si elle pouvait voir à travers l'étoffe le *No* tatoué entre ses seins.

— De la visite, murmura Tiffany, à peine audible, presque sur un ton de reproche. Vous devez être la mademoiselle Pry dont Jonathan m'a tellement parlé.

Molly rougit.

— Seigneur, ces yeux ! Un trait d'eye-liner, et vous seriez une vraie beauté, dit Tiffany.

Molly n'avait jamais entendu une voix comme celle de Tiffany, incongrue, trop haute, trop rêche sans doute à force de chuchoter. Elle ne pouvait pas la décoder, elle n'y décelait rien et fut aussitôt déroutée.

Tiffany souriait en permanence, un peu comme Beverly-Lynn, sauf que ses dents avaient la blancheur de la cocaïne.

— Eli Pry, répondit Molly aussi bas que possible.

Elle aimait chuchoter. Quand elle chuchotait, elle ne bégayait jamais.

Tiffany Rosendale ne la quittait pas des yeux.

Ces dix dernières années, quand Molly n'arrivait pas à dormir, allongée dans son lit, il lui était arrivé d'imaginer ce qu'on pouvait ressentir quand on était la mère de Casper Rosendale ou un membre de la famille. Elle avait imaginé toute la haine qu'ils pouvaient ressentir à l'encontre de Florentin Carver. À présent, elle avait les mains qui tremblaient en pensant à ce que pourrait déclencher la conversation qui s'annonçait. En aucun cas son père n'était le coupable, Molly le savait. Mais le fils de Tiffany était quoi qu'il en soit la victime.

Aucune haine n'émanait de Tiffany, pas de chagrin non plus. Elle était comme une poupée dépourvue de réalité, derrière un masque de maquillage et de bonnes manières.

— Suis-moi, murmura-t-elle.

Elle passa la première. Molly entra après elle dans une chambre, au deuxième étage, où se trouvaient un lit bas, quelques bougies, une petite armoire et une commode. Tout semblait coûteux. C'était la version luxe du dépouillement. Mick aurait levé les yeux au ciel.

Tiffany sortit deux verres en cristal de l'armoire, prit une carafe et susurra :

— Une liqueur médicinale ?

Molly hocha la tête. Pour s'aventurer davantage dans l'univers de Tiffany, elle aurait besoin d'un petit verre. Elle avait le cœur au bord des lèvres. Pourtant, tout se passait bien jusque-là. D'ailleurs, elle avait l'habitude de mentir, mais mentir à la mère d'un mort, c'était encore autre chose. Molly se demanda pourquoi elle ne ressentait jamais cette culpabilité envers M. Rosendale.

Les deux femmes s'assirent par terre, à même le parquet. Tiffany remplit les deux verres et en tendit un à Molly. Puis elle attrapa sur un support une paille courte et large dont elle se servit pour boire. Elle remarqua le regard perplexe de Molly.

— Pour éviter les taches sur les dents.

Molly avait moins prêté attention à la paille qu'aux mains desséchées qui la tenaient. Les mains de Tiffany étaient celles d'une vieillarde : elles étaient ridées, crevassées, à la fois sèches et luisantes de crème. Molly était certaine que ça ne venait pas du ménage.

La liqueur était plutôt bonne, avec un léger goût de médicament.

Les aisselles de Molly ruisselaient de sueur. Tiffany la regardait d'un air radieux. Molly avait lu qu'elle avait été actrice très jeune, dès l'âge de huit ou neuf ans. Selon certains articles, les parents de Tiffany l'avaient forcée, vieillie sur le papier pour qu'elle ait l'âge des rôles proposés, et dopée pour qu'elle supporte les longues journées de tournage.

De toute évidence, Tiffany restait une actrice.

— J'apprécie que tu sois une invitée si calme. Savais-tu que le bruit est considéré par les experts comme aussi dangereux que l'alcool et la cigarette réunis ?

Molly hocha la tête même si, bien sûr, elle n'en avait rien su. Est-ce que c'était vrai ? Elle avait envie de s'en griller une.

— Jonathan m'a parlé de tes recherches. C'est une bonne chose que quelqu'un souhaite enfin écrire la vérité.

Molly hocha la tête.

— Que puis-je faire pour toi ? demanda Tiffany.

Molly observa ces yeux soulignés d'un trait noir qui attendaient une réponse et se demanda à quoi ressemblait Tiffany le jour de l'enterrement de son fils.

— C'est… c'est au sujet de Casper.

Tiffany soupira. Sa paupière droite tremblait.

— J'ai interrogé Joel sur Casper, pour savoir un peu qui il était. Et Joel a dit que vous étiez la bonne personne pour ces questions.

Une ombre rosée passa sur les pommettes de Tiffany.

— Joel ?

Molly hocha encore la tête.

Tiffany sourit.

— Nous savons toutes les deux que ça n'est pas vrai.

Tiffany attrapa un flacon dans la poche ventrale de son pullover, pulvérisa un peu de désinfectant sur ses mains et les frotta l'une contre l'autre.

Molly l'observa tandis qu'elle faisait pénétrer le produit dans les plaies ouvertes qu'elle avait aux doigts.

— Mon Casper… Je pense à lui chaque jour.

*Qui parle comme ça ?* se demanda Molly.

Cette voix était un mystère pour elle.

Tiffany arrachait les petites peaux autour de ses ongles. Elle se leva et s'approcha de l'armoire en bois peint blanc. Elle ouvrit un tiroir, en sortit une coupe en cristal. La coupe était pleine de cachets.

— Tu veux quelque chose ? demanda Tiffany.

*Bon*, songea Molly.

— Qu'est-ce que vous avez ?

— Un peu de tout, le Dr Khan m'en donne toujours une poignée. Je mets tout ici. Efficacité prouvée. Ces tout petits, là, sont les meilleurs. Ils atténuent tous les sons.

Molly tira de sa poche le tube orange dans lequel elle transportait ses comprimés de Xanax et de Valoron, et le brandit devant Tiffany.

— J'ai ce qu'il faut, dit-elle, un peu trop fort.

Tiffany grimaça comme si Molly avait raclé une fourchette sur une assiette en porcelaine.

— Ce qu'il faut, reprit Molly tout bas. Pardon.

— Du Xanax, dit Tiffany. Classique.

Molly prit un comprimé et le fit glisser avec une gorgée de liqueur. Tiffany plongea la main dans la coupe, prit deux cachets et les croqua comme des bonbons.

— Tu me plais déjà, Eli Pry. Et donc, tu voudrais en savoir plus sur Casper. À l'époque, il n'y avait chez nous qu'une mère et un fils, c'est tout. Et Jonathan. Mais dès le premier jour, j'ai pensé…

Elle s'interrompit, les yeux dans le vide.

— C'est un homme formidable. Mais ce destin. Ce pays. Ces mines désaffectées.

— Pourquoi elles sont désaffectées ?

— Plus personne n'a besoin de ciment naturel.

— Je croyais…

— Oui, c'est ce que tout le monde croit. Mais il y a plus d'un siècle que le ciment naturel est devenu superflu, du jour au lendemain. Avec la découverte du ciment artificiel. Fin du ciment Rosendale. Jonathan n'est qu'un fossoyeur. Mais avec une pelle en or, il faut bien l'avouer.

Tiffany s'exprimait lentement, à mots choisis, presque comme une bègue.

— Je m'en souviens comme si c'était hier : Casper venait toujours me voir quand il avait besoin d'un conseil, même à l'adolescence. Nous passions des heures assis devant la cheminée à parler des filles de l'école.

Molly avait oublié comment c'était d'avoir une mère. Tiffany Rosendale était sans conteste une mère spéciale, mais c'était une mère quand même. Molly se sentit jalouse d'un mort et elle eut honte.

Le regard de Tiffany était devenu vitreux. Du bout des doigts, elle arrachait la chair desséchée de son pouce.

Tiffany ne s'arrêtait plus de raconter, et, quand elle se mit finalement à pleurer, Molly fut presque soulagée. Même si elle se sentait aussi coupable d'être venue ici et de replonger cette mère dans son traumatisme.

— Je suis désolée, je ne peux pas m'empêcher de pleurer, dit Tiffany tandis qu'un sourire de petite fille effleurait son visage.

— C'est rien.

Molly n'était pas sûre que les larmes de Tiffany soient sincères. Elle compta le nombre de fois où elle hoquetait entre les sanglots.

— Il vaudrait mieux que tu t'en ailles à présent.

Les larmes avaient dessiné des sillons pâles dans son maquillage, le mascara avait coulé. Molly se leva.

— Attends, dit Tiffany, tu portes une arme ?

Molly secoua la tête.

Tiffany retourna à l'armoire banche et y prit un pistolet noir. Elle le saisit par le canon et le tendit à Molly.

— C'est pour toi. Un colt M1911. Il n'est pas chargé, mais tu peux acheter des munitions en ville. En tant que femme, tu dois être capable te défendre.

— J'en suis capable.

— Même contre un homme qui fait deux fois ton poids ?

Tiffany appuya la crosse de l'arme contre l'épaule de Molly.

— Je dis toujours : « Dieu a créé les êtres humains, et Samuel Colt les a rendus égaux. »

— Je n'ai pas besoin d'arme.

— J'insiste, dit Tiffany, et, pour la première fois, sa voix n'était plus un murmure. Peut-être refuses-tu de le croire, mais le mal existe. Et les bonnes intentions ne te suffiront pas pour l'arrêter.

Molly saisit la crosse du pistolet.

— Voilà, c'est bien. Je vois ton assurance : superbe. Et la prochaine fois que tu viendras, je te maquillerai. Je peux ? J'ai toujours voulu devenir maquilleuse, mais quand tu épouses un Rosendale, ce n'est évidemment plus possible.

— Casper…, tenta encore Molly, mais Tiffany tourna les talons et se dirigea vers la porte.

Molly la suivit. Elle glissa l'arme dans la ceinture de son jean, contre l'os de sa hanche.

— Merci de ta compréhension, dit Tiffany en désignant ses oreilles.

Elle regarda l'arme à la taille de Molly.

— Ne la porte jamais devant, tu ne peux pas l'attraper facilement le moment venu. Achète-toi un holster correct. Et si je peux t'être utile pour tes recherches, ce sera avec plaisir. Entre femmes, il faut bien s'entraider.

# CASPER

*Dix ans plus tôt*
*Vingt-deux jours avant sa mort*

— Y a des dorés jaunes, dans votre lac, non ? a demandé Lou.

Je ne savais même pas à quoi ressemblait un doré jaune.

— Des milliers, ai-je dit.

Après la messe, Lou m'avait demandé si je voulais aller à la pêche sur glace avec elle dans la nuit de lundi à mardi. J'avais approuvé de la tête.

— Cool. Mardi, à une heure du mat', alors.

— OK, ai-je répondu tout bas.

— Pourquoi tu chuchotes ? a-t-elle demandé en riant, puis elle est partie.

J'ai tout raconté à Flo.

Il m'a donné quelques tapes sur l'épaule, qui m'ont presque fait tomber à la renverse. Et avec un sourire satisfait, il m'a promis son aide.

Le lundi soir, Flo a chargé la perceuse à glace sur son dos, et on est allés ensemble sur le lac gelé. Le métal de la perceuse s'enfonçait dans l'épaisse couche de glace tandis que Flo l'actionnait, aussi concentré que s'il avait préparé le départ d'une fusée.

— Tu prendras la pelle tout à l'heure, a-t-il expliqué. La couche de glace sera encore fine, et tu pourras la casser sans problème.

— OK.

— Tu sais attraper la poiscaille sous la glace ?

— Je crois, oui.

— T'es nerveux ?

— Non.

— Laisse-la venir. Elle doit avoir l'impression de chasser et de faire la prise de sa vie. Tu attends, c'est tout. Elle viendra.

— Tu parles de quoi, là ?

Flo a remis la lourde perceuse sur son épaule.

— De pêche, mon ami, de quoi tu veux que je parle d'autre ?

On est retournés vers l'orangerie. À mi-chemin, Flo a trébuché.

— Ça va ?

— J'ai glissé. C'est rien, a dit Flo en souriant, et il a continué à marcher.

À l'orangerie, il m'a donné deux petites cannes à pêche qu'on avait apparemment chez nous. Il a fouillé ses poches, l'air embarrassé. De la poche de sa veste, il a sorti trois préservatifs qu'il m'a tendus.

— Sois pas con.

— N'en sois pas un, toi, tout à l'heure.

J'ai pris les préservatifs et je les ai planqués dans ma poche.

Je n'ai rien dit de Lou à mes parents, ils n'auraient pas compris, et de toute façon je crois que ça ne les intéressait pas.

Vers minuit, je suis sorti sans bruit de ma chambre et je suis allé jusqu'au portail, à l'entrée. J'avais peur que Lou arrive en avance et qu'elle soit obligée de m'attendre. Je me suis gelé pendant plus d'une heure. Je n'avais pas mis de bonnet par peur du ridicule. Lou est arrivée à une heure et quart. Elle m'a aussitôt jeté une boule de neige en pleine poitrine. Elle portait un bonnet à pompon rouge et semblait tout droit surgie d'un rêve.

Sur le chemin pour rejoindre le lac, j'écoutais le crissement de la neige sous nos pas.

Lou avait apporté de fines tranches de foie qu'elle a enfilées sur les hameçons. J'ai percé le trou avec la pelle, plein de fierté. On est restés un moment immobiles dans le vent glacial, et je me suis demandé si une oreille pouvait se casser quand elle était congelée.

— À mon avis, c'est à cause du foie, a dit Lou au bout d'une demi-heure, alors qu'on n'avait toujours rien attrapé.

Elle a sorti un joint de la poche poitrine de sa veste, l'a allumé et me l'a tendu. J'ai tiré deux fois avec précaution et réussi à ne pas tousser.

Elle était debout, à regarder le trou dans la glace. Puis accroupie, une main dans l'eau.

— Tu crois que c'est assez grand pour laisser passer quelqu'un ? a-t-elle demandé.

Lou a posé sa canne par terre, à côté d'elle, coincé son joint entre ses lèvres et ouvert la fermeture éclair de son anorak. Elle s'est penchée pour défaire ses lacets et, après avoir enlevé ses baskets, elle s'est retrouvée en chaussettes sur son anorak.

— Rassure-moi, t'as pas vraiment l'intention d'y aller ?

— Si. Avec toi.

Elle a déboutonné son pantalon. Ça commençait à faire un peu beaucoup pour moi.

Toute ma vie j'avais eu peur. De mes parents, de mes camarades de classe, de confier à Lou les sentiments qu'elle éveillait en moi. À ce moment, la peur avait disparu. Et je me suis dit : *Au fond, pourquoi ne pas plonger avec la fille de mes rêves dans un trou sombre au milieu d'un lac gelé ?*

J'ai regardé les étoiles et j'ai pensé à la chance que j'avais. Je comprenais pour la première fois comment Joel voyait le monde.

J'ai vite enlevé mes chaussures et rejoint Lou sur son anorak. On s'est déshabillés, jusqu'aux sous-vêtements. Lou a passé les deux mains derrière son dos et détaché son soutien-gorge. Elle était debout devant moi, ses petits seins nus.

— OK, ai-je dit.

Lou a rigolé.

J'ai prié le ciel pour ne pas avoir une érection. Lou a retiré sa culotte noire. Dans la lumière de la lune, je voyais sa peau hérissée de chair de poule.

Elle a posé ses pieds nus sur la glace à côté du trou.

*Je suis en vie*, ai-je pensé. *J'aime la vie.*

J'ai quitté mon caleçon.

Lou a tendu la main derrière elle, et je n'ai pas tout de suite compris ce qu'elle voulait, aussi parce que j'étais un peu sidéré devant son dos nu, puis j'ai attrapé sa main.

— Ne lâche pas, a-t-elle dit.

Je me suis agenouillé sur la glace et je l'ai tenue par l'épaule pendant qu'elle entrait dans l'eau. Elle n'a fait aucun bruit. Elle a seulement ouvert la bouche en me regardant, radieuse, les yeux écarquillés.

Pour sortir de l'eau, elle s'est tenue à moi, et, quand elle s'est redressée, la pointe de ses cheveux mouillés a effleuré mon torse. Je suis entré dans l'eau sans attendre. Elle était froide, mais je m'en fichais. Quand je suis sorti du trou en rampant, une arête de glace m'a entaillé la peau du ventre.

Lou a hurlé dans la nuit comme un loup. Et j'ai crié avec elle.

— Tu saignes, a-t-elle dit à un moment.

— C'est rien.

— Je vais nettoyer. Viens, on rentre.

J'ai pris son anorak, enveloppé nos affaires avec, puis on a enfilé nos chaussures sans chaussettes et couru jusqu'à la villa. On est entrés par la porte de côté et on s'est faufilés en douce jusqu'à ma chambre.

— Ouah ! a fait Lou en voyant mon lit.

Elle est allée à la salle de bains et, comme si elle était chez elle, elle est revenue avec deux serviettes de toilette. Elle s'est séchée sans se soucier d'être nue. J'ai vite enfilé mon peignoir. Avant même que je noue la ceinture, Lou a laissé tomber les serviettes à terre et s'est approchée de moi.

— Tu saignes toujours.

Elle a posé une main sur l'égratignure, sous mon nombril. J'avais tellement froid maintenant que mes dents claquaient.

J'ai aperçu par terre, à côté de mon lit, le recueil de poèmes de Flo avec son autocollant Walmart. J'ai laissé Lou plantée là et, du bout du pied, j'ai fait disparaître le livre illico sous le lit.

— C'est quoi ? a demandé Lou.

— Rien. Juste un bouquin.

— Quoi comme bouquin ?

Je ne voulais surtout pas qu'elle ouvre le livre, elle verrait sinon que j'avais écrit son nom sur quasiment toutes les pages.

— C'est à notre mécanicien. Rien que des conneries.

— Fais voir.

Je me suis baissé avant elle et j'ai ramassé le livre.

— *Les mots justes pour qu'elle tombe éperdument amoureuse*, a lu Lou à voix haute.

Elle a voulu prendre le livre, je l'ai éloigné.

— Donne, a demandé Lou.

— Je te lis un poème, mais après, je le range, OK ?

— Ça marche.

Lou a pris la chemise repassée, pendue sur le cintre à la fenêtre, elle l'a enfilée et s'est assise en tailleur sur le lit. Je fixais les pages.

— Ma mère me lisait toujours des histoires, avant, a dit Lou.

— J'en cherche un pas trop long.

— Y en a pas un de Robert Frost ?

Et puis j'ai lu :

*Nous allons franchir le mur,*
*dans les ténèbres du jardin de quelqu'un d'autre,*
*deux ombres dans l'ombre.*

*L'hiver n'est point parti encore*
*et l'on dirait que le pommier*
*brusquement s'est changé*
*en cascade d'étoiles parfumées.*

*Dans la nuit nous allons entrer*
*jusqu'à son tremblant firmament*
*et tes petites mains avec les miennes*
*voleront les étoiles*[1].

---

1. Pablo Neruda, « La branche volée » (extrait), in *Les Vers du capitaine*, traduction de Claude Couffon, © Éditions Gallimard, 1984 pour la traduction française. « La rama robada », in *Los versos del capitán*, © Pablo Neruda, 1952, et Fundación Pablo Neruda pour l'édition originale.

Lou était assise à côté de moi et me regardait.

— Super kitch, non ? ai-je demandé.

Elle a haussé les épaules et m'a attiré contre elle sur le lit. Elle m'enlaçait par-derrière, ses mains posées sur mon torse.

— C'est de qui ?

— Pablo Neruda.

— Sa femme doit être la plus heureuse du monde.

— Pas sûr. Flo m'a dit qu'il était communiste. Et un jour, il a violé une femme.

Lou m'a mordu l'épaule.

— Gâche pas tout.

On a ri, et moi, j'étais l'adolescent le plus heureux du monde.

— Pourquoi tu m'as pris la main à l'église ? ai-je demandé.

— C'est toi qui m'as pris la main.

— Lou.

— Quoi ?

— Pas la peine de mentir.

— Je lis dans l'avenir, voilà pourquoi. Et puis… j'ai bien aimé te voir pousser la chansonnette devant Archer.

Elle a ri et fredonné quelques fausses notes.

— Pourquoi il est musclé comme ça, en fait ? ai-je demandé.

— Parce qu'il a pas de teub.

Ses lèvres se sont posées sur ma nuque, et tous les poils de mon corps se sont dressés.

— Lou ?

— Quoi ?

— Y a quoi dans notre avenir ?

Elle m'a caressé les cheveux.

Tard dans la nuit, je ne dormais pas, allongé à côté de Lou, quand Joel est entré dans ma chambre. Il s'est glissé dans le lit, avant de se figer en remarquant la présence de Lou.

— C'est qui ?

Je ne savais pas quoi répondre.

Lou a tourné la tête vers Joel.

— Et toi, t'es qui, le mioche ?

— Moi, c'est Joel.

— Et moi, je suis le secret de ton frère.

— Est-ce que tu peux être mon secret aussi ? a demandé Joel. J'ai une couette Spiderman.

Je l'ai poussé et il est tombé du lit.

— Dégage maintenant.

Lou s'est assise, toujours sans sous-vêtements, comme si rien ne lui faisait honte, elle a effleuré la joue de Joel et dit :

— Tu raconteras à personne que tu m'as vue ici, hein ?

Il a hoché la tête.

Elle lui a tendu son poing. Il a posé son petit poing d'enfant tout contre le sien.

— Sois gentil avec lui, m'a-t-elle dit plus tard, son corps pesant de nouveau sur le mien.

— Il me prend la tête, à toujours vouloir dormir ici.

— C'est un mioche. Sois gentil.

— OK…

— Et ça, ça reste entre nous.

— De quoi tu parles ?

Elle s'est redressée, a agrippé mes épaules et s'est assise sur mon torse.

— Promets-le.

— OK.

Elle s'est rallongée contre moi, m'a embrassé, puis elle a enlevé un élastique qu'elle avait autour du poignet et s'en est servie pour s'attacher les cheveux. Elle a posé ses deux mains sur mon visage brûlant.

— Je crois que ça fonctionne, a-t-elle dit.

— Quoi ?

— Ton livre.

# MOLLY

## *Sept jours avant l'exécution*

Enfin, Beverly-Lynn se manifesta.

BEV : Hé, Molly, t'es toujours dans le coin ? Tu veux passer ? Bises, Bev.

Trois heures plus tard, Molly était devant chez Bev.

Dans le jardin qui séparait la maison de la rue, le drapeau américain qui flottait en haut d'un mât était le plus haut du quartier. Beverly-Lynn ouvrit tout de suite la porte en grand. À voir son sourire immense, ses fossettes, ses boucles dansantes, même Molly songea que cette fille était quelqu'un qu'on avait envie de serrer dans ses bras, juste comme ça.

Mais elle préféra lui tendre une boîte de donuts.

Beverly-Lynn portait des pantoufles Bugs Bunny.

— Oh lala, Molly ! dit-elle, et après avoir pris les donuts, elle enlaça Molly de son bras libre.

Elle portait son portable attaché à un cordon autour du cou. Sur la coque était écrit « GOD BLESS AMERICA ».

— M-m-m-merci d'avoir gardé le secret, l'autre jour.

Beverly-Lynn la regarda, l'air grave.

— Faut bien se serrer les coudes, entre filles du *trailer park*. Viens. J'ai tellement de questions à te poser.

Molly entra dans la petite maison et vit tout de suite que Bev vivait seule. C'était une maison claire, remplie de meubles en bois et de coussins à bas prix brodés de phrases convenues. Sur l'un d'eux était écrit : « CETTE JOURNÉE PEUT ENCORE DEVENIR LA PLUS BELLE DE TA VIE. » Tout était un peu trop bien rangé.

— Ce que je préfère avec les donuts, c'est faire des donuts burgers. Tu connais ? demanda Beverly-Lynn.

Molly haussa les épaules.

— C'est comme un hamburger, expliqua Beverly-Lynn d'une voix suave, avec steak, fromage et tout, mais à la place du pain, tu prends un donut coupé en deux.

— OK.

— Tu en veux un ?

— En fait…

— Allez, c'est parti ! Avec une bière ?

— Bev, pourquoi tu m-m-m-m'as couverte ?

— Je sais pas, Eli Pry.

— C'est gentil, en tout cas.

— Je vais faire cuire les steaks.

— Bev…

— Assieds-toi, Molly. Avec ça dans le ventre, n'importe quelle discussion passe mieux, crois-moi.

Tout en faisant griller les steaks, Beverly-Lynn parla de Britney Spears, du compte Instagram de la star qui avait été effacé, et d'un reportage à la télé sur la dernière clinique d'avortement du Missouri qui l'avait fait pleurer. Elle était visiblement contente d'avoir enfin quelqu'un avec qui discuter.

— Et voilà ! déclara-t-elle en déposant devant Molly une assiette avec un donut burger et quelques chips.

Elles mangèrent dans la cuisine, installées à une table bar. Le burger était à la fois horrible et délicieux. Les jambes de Beverly-Lynn se balançaient dans le vide. Molly mangea à toute vitesse et bu deux bières pour mettre Beverly-Lynn à l'aise.

Elles sortirent dans le jardin, qui sentait le gazon en bandes et l'arrosage automatique. Elles s'assirent dans la balancelle, et Beverly-Lynn ouvrit un paquet de Marlboro mentholées.

— T'as vu ce qu'ils ont fait de notre *trailer park* ?

Molly secoua la tête.

— Rasé.

Molly s'attendait à quelque chose de ce genre, mais son cœur se serra quand même un peu à l'idée que les lieux de son enfance avaient disparu. Elle hocha la tête en silence.

— J'ai tout entendu quand t'as parlé au chef, au sujet des comprimés. Les cloisons des bureaux sont en papier.

Avec ses pieds, Beverly-Lynn donnait de l'élan à la balancelle. Molly aurait voulu qu'elle s'arrête.

— Comment t'es tombée dessus en fait ? poursuivit Beverly-Lynn.

— En allant chez eux.

— En douce ?

— Oui.

— T'es au courant que je dois transmettre ce genre d'infos à mon chef ?

— Il ressemble à un pitbull.

Beverly-Lynn éclata de rire. Molly aussi, et elle ne faisait même pas semblant.

— Face de pitbull, dit Bev.

Puis, d'un ton plus grave :

— Comment va ton père ?

Molly haussa seulement les épaules, expliquer aurait été trop compliqué.

— Tu lui passeras le bonjour de ma part, d'accord ?

— Y a un truc pas net dans cette affaire, Bev.

— Tu m'étonnes. C'est ce que tout le monde pense. Même Archer, à tous les coups. Mais je comprends qu'il veuille passer à autre chose. C'est plus pareil ici, depuis que le gosse a été tué. Plus aucun gamin dans la rue pendant des années. Les Sander ont vissé des espèces de maracas à toutes leurs portes, par peur que quelqu'un entre et kidnappe les enfants. Et tout le monde est armé, ici. Longue vie à la NAA !

Elle avait prononcé la dernière phrase sur le ton de l'ironie. Beverly-Lynn porta la main à la ceinture et tira d'un holster dissimulé sous son pantalon de jogging un révolver argenté.

Molly pensa aux affiches publicitaires du lobby pro-armes dans lequel les Rosendale étaient engagés. L'une des affiches, marquée du slogan « Ne sois pas une victime », montrait une jeune femme très belle, les cheveux blonds coiffés en queue-de-cheval, qui brandissait un révolver comme celui de Beverly-Lynn.

Molly pensa au colt que Tiffany lui avait donné et qu'elle avait fourré dans son sac à dos. Elle sortit les billets d'autocar de sa poche et les montra à Bev.

— Nouveau-Mexique ? demanda celle-ci.

— C'était à Casper.

— Mais non ?

— Reste à savoir pour qui était le deuxième billet.

Beverly-Lynn examina les billets.

— Tu sais que j'irai brûler en enfer si je t'aide, n'est-ce pas ?

— Tu iras de toute façon.

Beverly-Lynn sourit.

— Motus et bouche cousue, plaisanta-t-elle. Molly ne comprenait pas comment Bev pouvait prendre tout ça à la légère, ça la rendait folle.

— OK, Bev, r-r-r-réponds encore à une question. Juste une. Y a quelqu'un dans le coin qui s'appelle Lou ?

Le sourire de Beverly-Lynn s'évanouit.

★

Il était trois heures du matin quand Molly entendit la voiture de Joel s'engager dans l'allée et vit le jeune homme entrer dans la villa. Il fallait absolument qu'elle lui parle de Lou Livingston, la fille avec qui Bev était allée au lycée et dont elle était « sûre à 100 % » qu'elle n'avait pas pu être la petite amie de Casper.

Molly enfila une chemise et jeta un coup d'œil dans le miroir. Elle avait les traits creusés, la peau blafarde. Elle dormait mal depuis trop longtemps.

La maison des Rosendale n'était jamais fermée à clef, même de nuit. Cette fois-ci, Molly ne perdit pas de temps et se glissa directement dans la chambre de Joel.

Il s'était déjà couché et ne réagit à sa présence qu'au moment où elle lui toucha l'épaule. Une bouteille à moitié vide d'eau-de-vie de pomme était posée sur sa table de nuit. Il eut d'abord un mouvement de recul, puis sourit.

— Encore à jouer les passe-murailles ?

— Tu sais quoi de Lou Livingston ?

Joel s'assit, alluma la lumière, s'adossa à la tête de lit et regarda Molly.

— Je la connais pas.

— Je l'entends dans ta voix quand tu mens, déclara-t-elle en s'asseyant à l'autre bout du lit.

— Ben voyons.

— Ta voix change.

— Mais oui.

— C'était la copine de Casper, c'est ça ?

— Possible.

— Pourquoi tu caches des choses ?

— On en parle demain, d'accord ? Il est presque quatre heures du mat', dit-il en se rallongeant.

— M-mais de-m-m-main, c'est trop tard, putain.

Il hocha la tête, éteignit la lampe de chevet sans un mot et s'allongea dans l'autre sens, la tête près de Molly.

— Tu fais quoi, là ? demanda Molly.

— Je dors.

— Je veux savoir la vérité.

Il lui effleura la main. Elle la retira vivement.

— Tu peux rester ici cette nuit, s'il te plaît ? demanda-t-il, soudain radouci.

— Ça va pas la tête ?

Il saisit un pan de la chemise de Molly et tira légèrement dessus.

Molly se demanda s'il fallait le frapper. D'un autre côté, elle tenait peut-être le moyen de découvrir la vérité, et elle s'allongea.

Joel sentait l'alcool et la sueur masculine, tout son corps était chaud.

Elle lui tournait le dos. Il passa son bras autour d'elle.

— Vire ton bras, dit-elle, mais Joel ne bougea pas.

*Peut-être qu'à la fin, c'est grâce à lui que tout ira bien*, pensa-t-elle, et elle eut honte aussitôt.

— T'es tatouée, commenta-t-il.

Elle ne comprenait pas comment il pouvait s'en apercevoir dans l'obscurité, et elle garda le silence.

— Tu crois qu'on est détraqués ? demanda-t-il.

— Pourquoi ?

Il l'attira plus près. Elle sentait son souffle dans son cou.

— Oui, dit Molly.

La main de Joel était posée sur ses côtes.

— T'as peur ? demanda Joel.

Elle ne répondit pas.

— De la maladie, je veux dire.

Molly se rappela qu'il avait fouillé ses affaires et lu dans son dos la lettre du laboratoire. Un éclair de colère la traversa encore. Pourquoi poserait-il une question pareille si elle n'était pas atteinte de la maladie ?

— N-n-n-non, dit-elle en se demandant pourquoi elle avait absolument voulu prononcer ce mot.

C'était un mensonge, et elle savait qu'elle buterait dessus.

— Je t'envie, murmura Joel. Il est sûrement fier de toi.

— Qui ?

— Ton père.

Molly n'était allée voir son père en prison que deux fois, tout au début.

Ses cousines de Louisiane lui avaient écrit qu'il avait les cheveux gris. Elles faisaient le voyage de temps en temps, elles priaient pour son âme, et Molly recevait des pages et des pages manuscrites racontant comment il avait mangé une part de tarte à la banane dans une boîte en polystyrène. Il demandait chaque fois de ses nouvelles, et elle avait chaque fois de la peine en l'apprenant. Les lettres des cousines n'abordaient jamais la maladie de Huntington, comme s'il s'agissait d'un sort qui ne se réaliserait pas tant qu'on n'en parlait pas. Molly ne savait pas si son père pouvait encore marcher, penser.

Mais y aller n'était pas possible.

La première fois que Molly lui avait rendu visite, elle n'était encore qu'une gamine. Son père était en détention provisoire. Une gardienne avait expliqué à Molly qu'il était interdit de parler du crime, mais Molly n'en avait fait qu'à sa tête, elle avait posé la question sans relâche, jusqu'à ce que la gardienne la mette à la porte. À sa deuxième visite, Molly avait renoncé aux questions, elle s'était contentée de regarder son père avec des yeux pleins de colère, incapable de comprendre pourquoi il avait avoué un crime qu'il n'avait pas commis.

Après ça, il avait refusé ses visites. Régulièrement, elle déposait de nouvelles demandes que son père rejetait. Dix ans. Au début, elle avait pleuré à chaque refus, puis elle avait éprouvé de la colère, puis du désespoir et, pour finir, une tristesse sans fond.

Allongée près de Joel, elle sentait la chaleur de sa main sur ses côtes. Elle ne savait pas si son père était fier d'elle. Elle ne savait plus non plus si elle éprouvait encore de la colère ou du désespoir aujourd'hui, mais elle savait qu'elle l'aimait. Il lui avait fait mal, il l'avait abandonnée, mais elle ne le laisserait jamais tomber.

*C'est ça, la famille*, pensa-t-elle.

« Il est sûrement fier de toi. »

— Je lui demanderai de ta part, dit finalement Molly.

Joel dormait déjà.

## MOLLY

*Six jours avant l'exécution*

Le lendemain matin, le soleil comme changé en projecteur baignait la chambre dans une lumière aveuglante. Molly ouvrit les yeux et fixa le plafond, puis elle les ferma à nouveau. Le monde était moins terrible quand on gardait les yeux fermés.

Molly imagina son père sur une chaise électrique, se dressa en sursaut et attrapa son portable.

12 h 34. Elle avait dormi la moitié de la journée.

Juliette lui avait envoyé trois messages. Molly renonça à les lire. Elle se demanda un instant pourquoi elle avait accepté que Joel la prenne dans ses bras, mais c'était trop compliqué d'y réfléchir.

— Salut, la marmotte ! lança Joel.

Appuyé au chambranle de la porte, il se grattait le crâne. Ses cheveux noirs étaient mouillés et tout ébouriffés.

— Bev dit que Lou habite à Woodstock. Tu nous emmènes ?

— Hors de question.

— Allez.

— Y a que des pros de la fumette et des losers qui habitent à Woodstock.

— Je cherche pas un bon parti.

— Elle est sûrement traumatisée ou un truc dans le genre.

— Parce qu'elle a perdu quelqu'un dans son enfance ?

— Voilà, par exemple.

— Ben, on est trois alors. Va chercher la voiture. S'il te plaît. Et t'aurais un T-shirt à me passer ?

# CASPER

*Dix ans plus tôt*
*Vingt-et-un jours avant sa mort*

Le matin après la nuit de la pêche, je me suis réveillé seul dans mon lit. J'ai enfilé la chemise à nouveau pendue au cintre, elle sentait son parfum.

Ce jour-là, quand j'ai vu Lou à l'école, elle avait une plaie à la lèvre.

J'ai attendu dans le couloir après le cours d'histoire et je lui ai demandé :

— Qu'est-ce qui t'est arrivé ?

— En quoi ça te regarde ?

J'étais perdu. Qu'est-ce qui se passait ? J'ai pris la main de Lou, elle l'a retirée.

— Laisse-moi.

— J'ai fait quelque chose de mal ?

— Me prends pas la tête.

Elle était tellement pâle. Je ne l'avais encore jamais vue comme ça.

— C'était ton père ?

Elle s'est éloignée sans un mot.

— Lou !

Je lui ai couru après. Je lui ai repris la main et l'ai serrée dans la mienne. Elle s'est débattue.

— Me touche pas.

— Mais hier…

— T'avise pas de me toucher encore une fois.

— Tu le penses pas vraiment, ai-je dit, et j'ai senti que les larmes me montaient aux yeux. J'étais tellement dépité que je n'avais même pas honte de pleurer devant elle.

Elle est allée aux toilettes des filles et elle n'a plus reparu de toute la pause. J'étais consterné.

En cours de maths, en fin de journée, j'ai observé Lou à la dérobée. De la sueur perlait à son front, et elle avait l'air malade. À un moment, elle m'a fusillé du regard. Vers la moitié du cours, Lou a pris ses livres et s'est levée pour aller voir Groover, elle lui a dit quelques mots à voix basse et elle a quitté la salle.

Le lendemain, elle n'était pas là, et le jour suivant non plus.

J'ai demandé conseil à Flo. Selon lui, elle avait sûrement eu de la fièvre, et tout ça n'était qu'un malentendu. Le plus simple était que je passe chez elle et lui apporte les devoirs.

Je ne savais pas où habitait Lou, alors je suis allé au bar de son père.

C'était l'après-midi, la lumière crue de l'hiver parvenait à l'intérieur par les fenêtres étroites. Le bar n'était pas grand et sentait la fumée froide. J'avais emporté le recueil de poèmes en espérant que Lou aurait envie que je lui lise quelque chose.

Un type aux cheveux blonds et bouclés était assis au comptoir, en face d'une serveuse coiffée d'une casquette de baseball.

Je me suis approché.

— Excusez-moi, ai-je dit à la serveuse, je suis un camarade de classe de Lou. Est-ce que vous pourriez me dire où elle habite ? Je voulais lui apporter les devoirs.

— C'est de la part de qui ? est intervenu le type aux cheveux bouclés.

Il était baraqué, avec une moustache retroussée et des yeux couleur d'eau sale. Il ressemblait un peu à un catcheur.

— Je voulais juste apporter les devoirs à Lou.

— Ton nom ?

— Casper.

— Casper comment ?

— Casper Rosendale.

Le type avait devant lui une bière brune dans un verre tulipe. Il en a bu la moitié, et la serveuse a aussitôt rempli la tulipe sans qu'il ait eu à dire un mot.

— Le petit Rosendale ? a demandé l'homme.

J'ai hoché la tête. Je préférais ne pas voir sa réaction si je commençais à lui expliquer que *stricto sensu,* c'était Joel le petit.

Immobile au-dessus des bouteilles d'alcool, derrière le comptoir, un léopard empaillé me fixait de son œil unique, ajoutant à ma nervosité.

— Ce lobby des armes est une association de criminels, a lâché le type.

Je ne savais pas quoi répondre.

— Et tu t'intéresses à ma fille ?

*C'est le père de Lou.*

Rien chez lui ne me faisait penser à elle. Je me suis demandé si elle avait été adoptée.

— Je lui apporte juste les devoirs…

— Tu t'intéresses à elle ?

J'ai rougi et senti mon sang qui bourdonnait dans mes tempes. Le type a donné une pichenette de l'ongle contre le verre à bière.

— À part pour les devoirs ? ai-je demandé.
— Tu la trouves trop laide pour toi ?
— Laide ? Je… elle est magnifique, monsieur.
— Attention à ce que tu dis.
— Oui, monsieur.
— Ou bien tu te crois mieux que tout le monde ?
— Non, monsieur.
— Va pas t'imaginer que j'aie peur de toi parce que t'es un de ces dingos de la NAA.

Il a tourné la tête vers la gauche, puis la droite pour faire craquer sa nuque. La serveuse lavait des verres en feignant de ne pas écouter la conversation.

— Je…
— Boucle-la.
— OK.

Je suis resté à attendre. Le père de Lou buvait sa bière. La serveuse m'a jeté un coup d'œil en haussant les épaules, puis elle a rempli de nouveau la tulipe.

— Autre chose ? a demandé le père de Lou.

J'ai rebroussé chemin. J'étais déjà à la porte quand il a dit :

— Rosendale ?

Je l'ai regardé.

— Bas les pattes.
— Mais…
— Pas de mais.

Le soir même, Lou est venue chez nous. C'est mon père qui lui a ouvert, et il a envoyé la cuisinière me chercher. Le visage de Lou était presque aussi blanc que la neige dehors. Par-dessus son anorak, elle était emmitouflée dans une couverture à carreaux rouges et verts.

Mon père était planté devant elle sans rien dire et l'observait comme si c'était une vagabonde, ce à quoi elle ressemblait un peu, il faut dire.

— T'as fait tout le chemin à pied ? ai-je demandé.

— Je peux monter une minute ? a demandé Lou.

Elle avait les yeux brillants de fièvre.

J'ai ignoré le regard de mon père.

— Bien sûr, ai-je dit.

Mon père a posé son index sur ses lèvres et montré l'étage supérieur. Ma mère faisait encore une crise, il lui fallait le silence absolu, sinon elle piquerait une colère.

Joel était au lit, sous calmants.

Lou est passée devant moi et a monté lentement l'escalier. Une fois dans ma chambre, elle s'est assise sur le lit et a pris sa tête dans ses mains.

— Pardon pour ce que j'ai dit.

— C'est rien.

— Je crois que j'ai la grippe, a-t-elle murmuré.

— Je vais te chercher de la vitamine C, bouge pas.

— Faut pas que tu viennes au bar.

J'ai attendu.

— Mon père est un malade, a repris Lou.

— Dans ma famille, y a *que* des malades ! ai-je répliqué.

— Le petit Joel, je l'aime bien.

— Moi aussi, mais c'est quand même un malade.

J'ai ri. Elle a essayé. Mais sa bouche s'est juste tordue.

— Viens, a-t-elle dit.

Elle a posé sa tête sur mon ventre, où l'égratignure de la nuit de pêche disparaissait peu à peu, et elle m'a serré contre elle.

— Je peux rester un moment ? Aujourd'hui il travaille, de toute façon il est pas là.

Elle a enlevé son pantalon pour s'allonger. J'ai vu les bleus sur ses cuisses.

Je me suis allongé presque au bord du lit et j'ai remonté la couverture sur elle.

— Désolée pour ce que j'ai dit, a-t-elle répété.

— Je peux t'embrasser avec ta lèvre abîmée ? ai-je demandé.

— Si tu veux la grippe.

Je l'ai embrassée.

Le corps de Lou était encore plus chaud que celui de Joel, un vrai petit radiateur.

Lentement, elle s'est tournée de l'autre côté. Elle a retiré ses dessous. J'ai senti la moiteur de son corps contre mon torse et mon ventre.

Au bout de quelques minutes, sa nuque et ses cheveux étaient moites de sueur.

Après, sous la couette, je suis resté avec Lou blottie dans mes bras.

— Y a quoi à Santa Fe ? ai-je demandé.

— Hm ?

— À Santa Fe. Le premier jour, au lycée, t'as dit que tu voulais aller à Santa Fe.

— Ma maman.

Ça m'a fendu le cœur de l'entendre dire ça de cette voix si démunie.

— Et si on allait la voir ?

— Les billets coûtent deux cents dollars.

— Et alors ?

Elle s'est tournée vers moi.

— Viens, on se barre d'ici, ai-je proposé.

— C'est pas drôle.

— Je veux me barrer avec toi. Je suis sérieux. Y a mieux dans la vie que de s'appeler comme la ville où on habite.

— Et tes parents ?

— J'ai seize ans, et mes parents, ça leur passe au-dessus de la tête de toute façon, ils veulent juste être tranquilles. À mon avis, ils seraient aux anges.

Lou est restée un long moment les yeux fermés, près de moi. Je croyais déjà qu'elle s'était endormie.

— Quand ? a-t-elle demandé.

— Quand tu veux.

Elle a pris ma tête dans ses mains et m'a embrassé.

— Si tu te fous de moi, tu es mort.

J'ai secoué la tête.

Quelques mois auparavant, l'idée de partir m'aurait donné des sueurs froides.

— J'ai toujours voulu faire un tour dans un Greyhound, ai-je dit.

— Jure-moi que t'es sérieux. Que tu veux vraiment te barrer.

— Je te le jure.

Lou a posé sa tête sur ma poitrine.

Ce soir-là, avant de s'en aller, elle a demandé :

— Tu m'en lis encore un ?

# MOLLY

## *Six jours avant l'exécution*

La porte de la caravane où vivait Lou Livingston était si branlante qu'elle s'ouvrit presque d'elle-même. Un panneau en bois doré y était fixé : « TOUT VA BIEN – CHIROMANCIE ET VOYANCE ». Lou Livingston était donc voyante. *Tout va bien.* Molly avait envie d'arracher le panneau.

La femme qui parut à la porte devait avoir dans les vingt-cinq ans, elle était vêtue d'une robe ample qu'elle avait enfilée sur un pantalon de jogging. Ses yeux étaient veinés de rouge et fatigués. Elle avait les cheveux secs, les doigts osseux, et l'air usée par la vie, les drogues, ou les deux.

— Quel bon vent t'amène jusqu'ici ? demanda-t-elle d'une voix trop polie, qui soulignait encore la tristesse du personnage.

— Lou ? demanda Molly.

Lou acquiesça de la tête.

— J'ai besoin de ton aide.

— Vous en avez tous besoin.

Lou Livingston ajusta sa robe et entra. Elle prit place dans le fauteuil assorti au reste du salon. L'intérieur de la caravane sentait l'encens et l'air vicié. Molly s'assit sur le canapé, tout papillotait un peu. Dans la voiture, elle avait avalé deux Valoron.

— Qu'est-ce qui t'amène ici ?

— Casper.

Le sourire de la jeune femme s'envola.

Elle extirpa un paquet de Lucky d'une fente du canapé et s'alluma une cigarette.

— Tu travailles pour un journal ?

Sa voix était plus âpre à présent.

Molly hocha la tête en pensant que c'était plus simple ainsi que d'expliquer à Lou qui elle était vraiment. Mais à voir l'expression sur le visage de Lou, elle comprit qu'elle avait commis une erreur.

— J'aime pas les journalistes.

— Je cherche la vérité.

— Félicitations.

— Florentin Carver est innocent.

— Ah oui ?

— Oui.

— C'était qui alors ?

— On est en train de chercher.

— Qui « on » ?

— Toi et moi.

Lou aspira une longue bouffée de sa cigarette.

— Qui était Casper ? Quel genre de garçon c'était ? demanda Molly.

— Pourquoi je devrais t'aider ?

Lou se leva et ouvrit la porte. Elle pointa sa cigarette vers l'extérieur.

— Va-t'en, s'il te plaît.

Molly posa cinquante dollars sur la table.

— Non merci, dit Lou.

Molly attendit un instant, puis elle plongea la main dans sa poche et déposa encore quelques billets et des pièces sur la table.

— C'est tout ce que j'ai.

Tandis que Lou allumait la cigarette suivante, Molly vit qu'elle avait le bout des doigts jauni.

— Je peux en avoir une ? demanda Molly.

— Quoi ?

— Une cigarette.

— Ben non.

Lou referma la porte de la caravane et revint s'asseoir face à Molly. Elle enleva sa robe par le haut et la suspendit au dossier d'une chaise, demeurant simplement en jogging et débardeur. Elle lança le paquet de cigarettes à Molly.

— Tu sais sur quoi tu devrais écrire ?

Molly attendit.

— Sur les chiens errants.

— OK.

— Les lévriers espagnols. Les galgos. Eux, ils ont une vie vraiment horrible.

Molly posa sur la table en verre les billets d'autocar pour Albuquerque.

— Pourquoi est-ce que vous vouliez partir ? demanda-t-elle.

D'une main tremblante, Lou prit l'un des billets.

— Il s'est passé quoi ? insista Molly.

Lou la regardait de ses yeux infiniment tristes.

— Qui l'a vraiment tué, Lou ?

Lou esquissa un haussement d'épaules.

Molly posa sur la table les comprimés qu'elle avait trouvés dans la poupée de Casper.

— Ils sont à lui. C'est quoi ?

— Va-t'en, s'il te plaît.

— Un innocent va être exécuté dans moins d'une semaine.

— Va-t'en.

— Tu le connaissais ? Florentin Carver ?

Lou secoua la tête.

Molly attrapa le recueil de poèmes qu'elle avait glissé dans son jean et le tendit à Lou.

— Et ça, tu connais ?

Le regard de Lou allait du vieux recueil de poèmes au visage de Molly.

— Neruda, dit Lou, la voix douce tout à coup.

Molly vit ses yeux se remplir de larmes.

— Écoute-moi, Lou, je n-n-ne veux pas savoir ce qu'il y a eu entre Casper et toi. Je veux savoir qui l'a tué. Et pour ça, il m-m-m... Pour ça, j'ai besoin de savoir ce que c'est, ces cachetons.

Lou laissa échapper un long soupir.

— T'es pas journaliste.

Ce n'était pas une question, mais un constat.

Molly chercha à toute vitesse un mensonge qui pourrait la sauver. Elle baissa la tête.

— OK, je suis pas journaliste. Mais ça change rien, je dois trouver la vérité. Ou un innocent de plus m-m-mourra.

Lou attrapa l'un des comprimés posés sur la table et le fit rouler entre son pouce et son index.

— Demande à la mère.

— Tiffany ?

— Elle filait sans arrêt des trucs aux garçons. À un moment, Casper a plus voulu, et il les a cachés. Le petit, il écopait chaque fois de la mégadose. Avec un spray pour le nez, un truc comme ça. Après, il était complètement dans les vapes.

— Mais pourquoi ?

— Pour le calmer.
— Avec des drogues ?
Lou garda le silence.
— Tu l'as dit à la police ?
— Oui.
— Et alors ?
— Alors rien. Je voudrais que tu partes, maintenant.
— Lou…
— S'il te plaît.

Lou prit sa tête dans ses mains. Molly récupéra les billets d'autocar et les glissa dans sa poche en se levant. Elle fit deux pas, regarda le livre qu'elle emportait et songea au prénom inscrit sur chacune de ses pages. Le prénom de celle qui pleurait en silence sous ses yeux. Toutes deux avaient perdu quelque chose dix ans auparavant – leur jeunesse, leur innocence, la certitude qu'une vie pouvait être simple et juste, et qu'à la fin, les gentils gagnaient toujours. Molly n'avait jamais désespéré de retrouver un jour ce qu'elle avait perdu. C'était cet espoir qui la maintenait en vie. La jeune femme qui lui faisait face ne retrouverait rien. Ce que Lou avait perdu était mort et enterré.

Molly examina encore une fois le livre, s'approcha de Lou, déposa le recueil à côté d'elle sur le canapé et sortit de la caravane.

Joel attendait au coin de la rue, assis sur le capot du cabriolet. Même assis, il était en mouvement. Il remuait, gigotait, regardait d'un côté et de l'autre. Rien chez lui n'était jamais statique.

— Tu es sûr que tu sais r-rien sur Lou et Casper ? demanda Molly.

— Rien d'important.

— Putain, Joel. Qu'est-ce que t'essaies de cacher à la fin ?

Il ne répondit pas, tambourina sur le capot blanc et dit finalement :

— Ton père…

Molly baissa les yeux.

— Je l'appelais Floflo, et lui, il m'appelait Jack. À cause de Jack Daniel's. Je trouvais ça trop marrant à l'époque. Il m'a appris cette danse de fous, l'east coast swing. Et il me coursait tout le temps dans le jardin avec une vieille tête de cerf. Je me demande pourquoi mes parents laissaient faire.

Molly sentit qu'elle était au bord des larmes, juste parce que quelqu'un parlait de son père sans évoquer ni la maladie ni le meurtre.

— Tu chiales ?

Elle fit non de la tête.

— Quelquefois, il m'emmenait me baigner au lac, de l'autre côté du mont Joppenbergh, reprit Joel.

— Le lac sorcier…

— Voilà, c'est comme ça qu'il l'appelait. Ça te dit qu'on y fasse un saut ? Il fait une chaleur à crever, et je piquerais bien une tête avant cette fête à la con.

Molly n'avait pas envie d'aller se baigner avec Joel, mais elle savait qu'il cachait quelque chose, et elle voulait surtout savoir pourquoi.

Et puis, au fond, elle avait aussi envie d'aller se baigner avec lui.

— OK, dit Molly.

— Oh.

— Quoi ?

— Tu me contredis pas. Waouh !

Molly sourit, et elle ne faisait même pas semblant.

Joel gara la voiture dans les environs de Rosendale, sur une aire de stationnement en forêt, laissa la capote ouverte et, sans se soucier de savoir si Molly le suivait, s'engagea sur le sentier escarpé. Il marchait d'un pas étonnamment rapide et disparut bientôt.

Molly, qui commençait à transpirer sous son T-shirt, déboutonna la chemise qu'elle portait par-dessus. Son visage était couvert de sueur. À un moment, le sentier passait sur l'autre versant de la montagne, invisible depuis la ville. Le lac avait toujours été difficile d'accès, et l'eau était tellement froide que personne ou presque ne venait s'y baigner. Enfant, Molly avait parfois eu le sentiment que le lac sorcier n'appartenait qu'à son père et elle.

Elle escalada des troncs couverts de mousse tombés en travers du chemin. Dans les fourrés, un animal s'enfuit sur son passage en direction de la vallée. *Sans doute un chevreuil*, pensa Molly.

Sous l'effort, elle peinait à respirer.

Et puis le lac surgit devant elle, vert foncé, éternellement paisible. Avec les pancakes aux myrtilles du diner, c'était peut-être la seule chose qui n'avait pas changé dans cette ville en dix ans. Sur la rive, des pierres et des rochers gris foncé voisinaient avec de hauts conifères. L'eau était immobile, sauf là où Joel nageait, dessinant autour de lui des cercles concentriques. Il avait abandonné ses vêtements sur un rocher au bord du lac.

Plusieurs étés durant, Molly et son père étaient venus se baigner ici presque chaque soir. Dans l'esprit de Molly, le souvenir accusait à présent une telle clarté qu'elle ne savait pas si c'était une joie ou une torture.

— Je parie que t'es tellement coincée que tu vas pas y aller, lança Joel en faisant la planche. Il regardait le ciel comme s'il y avait quelque chose à y voir.

Molly savait que Joel cherchait à la provoquer. Avec succès.

Elle marcha jusqu'à l'autre rive, jusqu'au rocher d'où ils avaient autrefois l'habitude de sauter. Même sa démarche respirait la contrariété, elle le sentait. Elle prit appui sur une pierre, se déshabilla et plia soigneusement ses vêtements. Jamais elle ne l'avait fait auparavant, mais cela lui semblait nécessaire à cet instant, raisonnable. Molly prit tout son temps, feignant la normalité. Elle se demanda quand elle s'était rasé les jambes pour la dernière fois, chassa cette pensée de son esprit et sauta. L'eau était sur sa peau une caresse froide et délicieuse. Elle nagea vers Joel. Il lui souriait.

— Alors comme ça, on est devenue cool ? demanda-t-il.

Elle l'éclaboussa, heureuse de se baigner. Dans ce lac. Avec ce garçon. Elle se demanda si c'était immoral.

Molly plongea et resta sous l'eau aussi longtemps que possible, les yeux fermés. Tout était calme et lent au fond de l'eau, même ses pensées.

Quand elle reparut à la surface, Joel lui cracha une gerbe d'eau dans la figure.

Après les aveux de son père, Molly avait eu quelques rendez-vous chez une psychologue scolaire de son lycée, pas parce qu'elle le voulait, mais parce que ses enseignants l'exigeaient. La psychologue scolaire avait dans son bureau un petit réfrigérateur jaune plein de limonade, et on pouvait se servir comme on voulait. Une fois par semaine, Molly s'asseyait dans le bureau, ignorait les discours aimables de la psychologue et contemplait les deux cartes postales fixées par des aimants à la porte du réfrigérateur. L'une disait : *Rose is a rose is a rose is a rose*. Et l'autre : *Nous sommes tous brisés, c'est ainsi que la lumière entre en nous,* ce que Molly avait toujours trouvé absurde, encore plus quand elle avait cherché la citation sur Google et appris qu'elle était soi-disant d'Hemingway, qui s'était fait sauter la cervelle. Pourtant, en voyant Joel barboter et cracher de l'eau devant elle, elle songea à la lumière et, pour la première fois, elle eut le sentiment qu'il y avait du vrai là-dedans.

— J'ai froid, déclara Molly.

— Pas trop tôt, répondit Joel.

Molly nagea vers la rive.

Il l'observa tandis qu'elle avançait à pas prudents sur les cailloux instables et sortait de l'eau.

— Au fond, t'es plutôt cool, Molly Carver, dit Joel.

Elle se tourna vers lui, nue.

— Je sais que votre m-m-mère vous filait des médocs.

Il cessa aussitôt de sourire.

— Tu sais que dalle.

Il regardait l'eau. Molly frissonna alors qu'il faisait chaud. Joel la dévisageait, le regard dur.

— Tu ferais mieux de t'habiller. T'es ridicule.

*

Dans la cabine de douche de l'orangerie, Molly laissa l'eau brûlante couler sur son visage pendant plusieurs minutes, jusqu'à faire disparaître la pièce dans des nuages de vapeur. Elle réfléchissait à ce que Lou lui avait confié. Tiffany avait drogué ses propres enfants ? Joel ne lui en avait rien dit. Pourquoi ? D'abord, il lui avait caché l'existence de Lou, et maintenant il lui refusait la vérité sur ces médicaments. Molly aurait préféré qu'il n'en soit pas ainsi, mais elle pressentait peu à peu que Joel n'était peut-être pas son allié.

Quand elle retourna dans la pièce principale, elle trouva une robe jaune suspendue à un portant.

Une carte était posée sur le lit, avec un message rédigé de l'écriture soignée de M. Rosendale :

*Mademoiselle Pry, nous attendons de la visite. Rien d'exceptionnel, seulement quelques partisans de la liberté. Je me suis permis de vous acheter cette robe. Je suis certain que vous vous sentirez plus à l'aise ainsi. J'espère ne pas m'être trompé dans votre taille. Et j'espère que vous appréciez la soie sauvage.*

*Bien à vous, JR.*

M. Rosendale avait dû entrer pendant qu'elle prenait sa douche. Molly se sentit mal rien que d'y penser.

Elle contempla la robe, puis son visage blême dans le miroir, ses yeux rouges et bouffis. Une paumée.

Molly comprit alors pourquoi certaines femmes se maquillaient et cherchaient à disparaître derrière une couche de plâtre. À ce moment-là, elle aussi aurait aimé être quelqu'un d'autre, quelqu'un de plus lisse, de plus parfait. Elle aurait aimé se cacher derrière une armure de fond de teint. Ou mieux : enfiler une autre peau par-dessus la sienne.

Elle sentait gonfler en elle un sentiment âcre, un mélange de jalousie et de peur. Elle ne voulait pas de ce sentiment, mais il l'envahissait. Elle jalousait ces vies plus simples, ces petites robes noires et ces cocktails Martini dans des mains manucurées. Ces gens qui avaient pour seul souci de savoir si les Américains avaient ou non le droit de porter une arme.

Molly inspira à fond. Son téléphone se mit à vibrer. Quatre appels en absence de Juliette et quelques messages qu'elle n'avait pas ouverts. Molly les ignora, prit la robe sur le cintre, se glissa dedans et chaussa ses baskets. Sur son bras droit, un bout de son tatouage en forme de lambi dépassait. C'était sans importance désormais. Molly fourra dans la poubelle les chaussures à talons posées à côté du lit.

Par le dôme en verre de la villa, la lumière du couchant inondait l'atrium teinté de nuances orangées surréalistes. Tout brillait, chaque miroir reluisait. Molly se demanda qui s'en était chargé.

Des voix lui parvenaient depuis la terrasse. Molly approcha à pas comptés de l'escalier en marbre qui menait aux étages. Elle était décidée à entrer dans ce bureau fermé. Elle posa un pied sur la première marche.

— Superbe, lança derrière elle M. Rosendale.

Il se tenait sur le seuil de la terrasse, en smoking, et pointait sa coupe de champagne vers sa robe.

— Ça vous va comme un gant. Vous savez déjà quand je pourrai lire votre article ?

Pour la première fois, Molly n'aurait pas su dire avec certitude s'il était armé.

Elle sentit une goutte de sueur rouler sous son aisselle et chatouiller son épiderme.

— Avant que vous ne rejoigniez nos invités, je voulais vous parler d'une chose, continua Rosendale sans attendre sa réponse.

— Oui.

— Pour tout vous avouer, ça ne me plaît pas que vous passiez la nuit dans la chambre de mon fils. Cela me paraît, disons, manquer de professionnalisme.

— Je...

— Inutile de rougir, mademoiselle Pry.

Molly ne sut que répondre, d'autant plus que toutes les phrases qui lui venaient à l'esprit comportaient l'imprononçable N de la négation.

— C'est votre dernier soir, compris ? Il y a belle lurette que vous avez dû rassembler suffisamment d'informations pour votre article. Je vous prierais de faire vos bagages dès demain. Vous pourrez m'envoyer votre texte ensuite. Pour validation, n'est-ce pas ?

Il sourit et fit un pas vers elle.

— Venez, je vais vous présenter aux Flager, déclara-t-il alors, comme s'il ne l'avait pas mise à la porte l'instant d'avant.

Rosendale la précéda sur la terrasse, où Joel, dans un costume en lin bien taillé de couleur sable, bavardait avec un couple. L'homme avait forcé sur le Botox. Joel, ses cheveux domptés par une raie maladroite, avait l'air en toc dans ce costume sur mesure. Molly repensa à ses bras qui l'avaient tenue enlacée la nuit d'avant.

À l'autre bout de la terrasse, un contrebassiste et un trompettiste jouaient du jazz en sourdine.

Derrière, le terrain descendait en pente douce entre les zigzags d'un petit chemin. Çà et là, des torches éclairaient le passage. Des chiens gris jouaient dans l'herbe, et le lac, plus bas, baignait dans la lumière du crépuscule. L'air était chargé des senteurs humides de l'été, comme avant l'orage.

Molly n'avait plus que cette soirée.

*Sa tombe est là-bas*, songea-t-elle.

Un serveur se présenta avec des verres rose pâle et d'autres remplis de ce qui ressemblait à du mousseux, mais devait être du champagne. Molly n'avait jamais bu de champagne et elle ne comptait pas s'y mettre. Elle prit un verre de rosé, mais ne but qu'une minuscule gorgée. Elle voulait avoir les idées claires.

M. Rosendale disait quelque chose qu'elle n'écoutait pas. Joel la regardait comme s'il la voyait pour la première fois. Il but d'un trait le verre qu'il avait à la main.

Quand Molly fit mine de retourner à l'intérieur de la villa, M. Rosendale lui saisit le poignet et la retint.

— Restez donc encore un moment, dit-il.

Elle fit pivoter son poignet pour se libérer et rentra.

Dehors, d'autres voitures, les unes après les autres, venaient se garer sur l'allée de sable jaune.

On aurait cru une réunion de véhicules de collection. À la fin, une centaine de personnes avaient investi les lieux et sirotaient du champagne. Les hommes portaient des costumes légers et la raie sur le côté. Les femmes marchaient à leur droite, attentives et souriantes dans leurs robes aux chatoiements décents. La villa embaumait comme les rayons d'une parfumerie.

M. Rosendale virevoltait entre les invités, souriait ici, hochait la tête là, gobait un verre de champagne après l'autre et ne quittait jamais Molly des yeux. Il la surveillait.

Molly s'enferma un moment aux toilettes et respira plusieurs fois profondément.

Le temps était compté. Si elle ratait cette occasion, jamais elle ne pénétrerait dans la pièce fermée. Le dernier recoin de la villa qu'elle n'avait pas encore fouillé. Le dernier espoir de trouver une piste. Son cœur battait à tout rompre.

Elle retourna dans l'atrium. Voyant que M. Rosendale était en pleine conversation, elle saisit sa chance et grimpa l'escalier.

Au deuxième étage, Molly s'arrêta devant la porte fermée. Avec un fil de fer et un peu de patience, elle aurait pu l'ouvrir, mais elle n'avait ni l'un ni l'autre.

— Hé ! fit une voix juste derrière elle.

Joel.

Molly se retourna. Il était si près qu'elle sentait la chaleur de son corps. Il était ivre, encore.

— Désolé pour tout à l'heure. Au lac. C'est… je voulais pas être comme ça.

— C'était quoi, ces cachets que ta mère vous filait ?

— Hé, mais je connais, ça ! dit-il en attrapant le médaillon qu'elle portait au cou.

Le décolleté de la robe laissait apparaître la chaîne. La chaîne de son père.

— Tu réponds ? insista-t-elle.

— Flo t'a aussi appris à danser le swing ? demanda Joel à la place.

C'était la même colère qu'autrefois, après l'école, quand elle avait frappé l'enfant avec le lambi. La colère montait en Molly, l'emplissait. Telle une pensée entêtante, la colère dominait tout.

Elle écarta Joel, fit volte-face et enfonça la porte d'un coup de pied. Heureusement, les couloirs étaient si larges que personne dans les étages inférieurs ne pouvait la voir.

Joel parlait, mais Molly ne l'écoutait pas.

Elle entra dans la pièce. Les rideaux en velours étaient tirés. Molly les ouvrit d'un geste brusque. Les derniers rayons du soleil illuminèrent les murs.

*Il y a forcément quelque chose ici*, se dit Molly, *un indice quelconque.*

Un coffret en argent était posé sur le bureau. Molly l'ouvrit et en déversa le contenu sur le plateau en bois lustré :

quelques billes s'éparpillèrent, des boutons de manchettes, une chevalière. Molly, certaine que la bague avait appartenu à Casper, en eut la chair de poule. Elle s'approcha de la bibliothèque et attrapa un classeur. C'étaient des relevés de compte, rangés à l'ancienne dans un dossier prévu à cet effet. Molly examina les autres classeurs, lut :

*Chili*
*Rapports d'activité 90-92*
*Impôts (perso)*
*Internat*
*Families Outside*

*Faites que ça ne soit pas vrai*, pensa Molly.

Elle vacilla et saisit Joel par son costume, à l'épaule.

Elle laissa tomber le classeur sur la table. Avant même de l'ouvrir, elle sut que ça ne pouvait pas être un hasard.

Sa main tremblait. Joel parlait encore.

Elle feuilleta le classeur – des comptes, des contrats, des virements qu'elle ne comprenait pas –, puis, au détour d'une page, elle découvrit les statuts de l'association et, à cet instant, en lisant le nom du fondateur, elle sut que quelque chose venait de voler en éclats et ne serait plus jamais intact. Le fondateur de l'association qui versait de l'argent à Molly depuis dix ans était Jonathan Rosendale.

★

Molly s'appuyait des deux mains sur le classeur ouvert devant elle.

M. Rosendale lui versait de l'argent. Elle prit la nouvelle en pleine figure.

Molly laissa échapper un sanglot.

Joel lui saisit le bras.

Elle se dégagea, le laissa planté là. À tous les coups, il mouillait là-dedans, c'était pour ça qu'il n'arrêtait pas de lui mentir, et si ce n'était pas le cas, comment le croire, quand bien même c'était ce qu'elle souhaitait ?

Elle dévala l'escalier. Elle voulait sortir d'ici, réfléchir, chialer.

M. Rosendale attendait sur la dernière marche de l'escalier. Joel avait rejoint Molly. Rosendale leur jeta un regard sombre.

— On a de la vodka à la maison ? demanda-t-il.

Molly passa devant lui sans le regarder.

— Sylvia Raymond voudrait un Joe Collins.

Molly poursuivit son chemin.

— Il y a de la vodka au One More, répondit Joel calmement.

Molly s'était arrêtée sur le seuil. Elle aurait voulu prendre ses jambes à son cou, mais elle ne pouvait pas. Une dernière fois, elle devait demander à Joel ce qu'il savait. Elle devait l'amener à dire enfin la vérité.

Rosendale porta la main à la poche intérieure de sa veste et glissa quelques billets à Joel.

— Pourquoi c'est pas un serveur qui fait ça ? demanda Joel.

— Vas-y, dit Molly.

— Vas-y, répéta M. Rosendale, et il se mit à rire.

Molly ne voulait plus qu'une chose : s'en aller. Elle poussa la porte. Rosendale lança dans sa direction :

— Soyez prudents. Tous ces pollens de tilleul. Avec la pluie qui va tomber, c'est glissant comme une planche savonnée.

Molly courut à l'orangerie et bourra ses affaires dans son sac à dos. Joel l'attendait, moteur en marche.

— C'est quoi, Families Outside ? demanda-t-il quand elle s'installa à côté de lui sur le siège passager.

Elle ne répondit pas.

Il roulait bien plus lentement que nécessaire.

— Tout est de ma faute, dit-il.

Le vent de la forêt soufflait dans les cheveux de Molly, sur sa nuque moite. Elle cherchait les mots justes pour interroger tout ce qui était faux.

Joel s'arrêta devant le One More.

— L'association, ce classeur, tu sais quoi dessus ? lança Molly.

— Rien.

Il la regardait droit dans les yeux : il disait la vérité. Molly poursuivit :

— Elle m-m-me vire de l'argent depuis que m-mon père est en taule.

Il hocha la tête.

— S'il te plaît, Joel, dis ce que tu sais. Ils vont le tuer sinon.

Joel agrippait si fort le volant que les jointures de ses doigts avaient blanchi. Il secoua seulement la tête.

— Joel…

— Je peux pas.

— Je sais que c'était ton père. Pourquoi tu le couvres ?

— C'était pas lui.

— Qu'est-ce qui te fait dire ça ?

— Et c'était pas ton père non plus.

Elle le saisit par l'épaule.

— Qui c'était alors ? Tiffany ? Archer ?

Joel posa sur elle un regard à la fois triste et doux. Puis il descendit de la voiture et entra dans le bar.

— Putain, murmura-t-elle.

Et elle le suivit.

Des chauffeurs de poids lourds regardaient du basket sur des écrans muets. Une lumière vert fluo tombait de plafonniers qui n'avaient jamais été modernes. Le bar était enfumé, trop fréquenté. Un comptoir en bois poisseux, une unique tireuse derrière. Dans la pénombre, quelqu'un jouait sur un synthétiseur une reprise lente de *Don't stop me now.*

Joel attendait au comptoir. Molly s'approcha. En prenant appui sur le bar, elle mit la main dans une mare de bière.

— Je vais juste prendre une eau, dit-elle au blond moustachu derrière le comptoir.

Le barman eut un sourire narquois. Quelques loques dansaient entre les tables. Le bar sentait la sueur, la fumée et l'alcool.

— De l'eau ? C'est la première fois que tu viens, j'imagine ?

— On est occupés, là, rétorqua Molly.

— Je sais, dit le barman. Moi, c'est Jeff.

## CASPER

*Dix ans plus tôt, le jour de sa mort*

En autocar, le trajet de Kingston, la ville voisine de la nôtre, à Albuquerque, Nouveau-Mexique, était censé durer 48 heures et 55 minutes. Une fois à Albuquerque, il nous faudrait encore une bonne heure de transport pour rejoindre Santa Fe.

J'ai acheté à la gare de Kingston deux billets pour cent-quatre-vingt-sept dollars chacun.

Après une répétition de la chorale, j'en ai parlé à Lou et j'ai voulu lui donner son billet, mais elle m'a dit de le garder. Il y avait trop de risques que son père mette la main dessus.

— Quand ? a-t-elle demandé.

— Mercredi, à cinq heures et demie du mat'.

— Comment on va jusqu'à Kingston ?

— Flo nous amène.

— Il tiendra sa langue ?

J'ai hoché la tête.

La veille du départ, le mardi, j'ai entassé des vêtements dans mon sac de sport. J'ai ajouté deux bouteilles d'eau et un paquet de céréales au chocolat acheté pour Lou des semaines auparavant.

Mes parents ne me manqueraient pas. Pas plus que les chemises blanches, le caviar, les belles voitures et les gens de Rosendale. À quoi bon avoir du caviar quand on avait Lou ?

Flo me manquerait. Et Joel, avec son rire débridé et son énergie tourbillonnante. Je comptais bien lui écrire, plus tard, quand il serait plus grand, et lui expliquer que Lou était tout ce que je n'avais pas chez nous. Il pourrait peut-être venir nous voir, un jour.

J'ai tiré la fermeture éclair de mon sac que j'ai posé à côté de mon lit. Les billets pour le car étaient dans ma cachette, dans la tête de la poupée. Je reviendrais chercher mes affaires après avoir fait mes adieux à Joel.

Je suis allé le voir dans sa chambre.

Il dormait, je n'en doutais pas, vu que notre mère lui filait souvent des calmants à cette époque. Elle lui administrait un spray nasal à la kétamine, soi-disant pour son bien. Pour qu'il puisse être un enfant comme les autres. En y pensant, je me suis demandé une fois de plus si je pouvais m'en aller et laisser mon petit frère seul avec ces parents-là.

J'ai ouvert la porte de sa chambre. Il était allongé en croix dans son lit, jambes et bras écartés. Il avait posé à côté de lui un révolver de mon père avec lequel il jouait souvent une fois que mon père avait retiré les cartouches.

J'ai poussé le révolver et je me suis allongé près de Joel.

## MOLLY

*Cinq jours avant l'exécution*

Molly fixait la moustache du barman.

— Jeff, répéta-t-il.

— OK, dit Molly en se tournant à nouveau vers Joel.

— Souviens-toi de ce nom, tu vas le crier toute la nuit, ma belle.

— Pardon ? fit Molly.

— Tu délires ou quoi ? intervint Joel.

— Toi, ta gueule, coupa Jeff.

La musique envahissante écorchait les oreilles.

— Ou bien tu te crois mieux que les autres parce que tu débarques ici avec un Rosendale ?

Molly jeta un coup d'œil à Joel dans son costume clair, une fleur rose à la boutonnière. Les mâchoires crispées. Elle l'attrapa par l'épaule et entreprit de le pousser en direction de la sortie. Concentrée sur lui, elle vit trop tard la main qui surgit dans son champ de vision et saisit Joel au collet. Jeff avait fait le tour du comptoir et empoigné le jeune homme.

— Tu m'as regardé de travers, là ? lança Jeff.

Quelques gouttes de salive éclaboussèrent l'œil de Molly. Elle connaissait la suite. Elle connaissait cette intonation dans la voix des hommes, elle savait que Jeff ne voulait pas une réponse, mais un prétexte.

— Alors comme ça, on est le fils Rosendale ? insista Jeff.

Il força Joel à se retourner, agrippa sa veste de costume. Il broya la boutonnière rose. Joel regarda la main à son col, puis le visage écarlate de Jeff.

— Exact. Joel Lior Rosendale, enchanté.

Il avait l'air de ne pas flairer ce qui se tramait, ou alors il était plus désinvolte que Molly l'avait cru.

— Qu'est-ce que t'as à me regarder comme ça, sale pédé ? dit Jeff.

Dans le bar, les conversations s'étaient tues.

— C'est que j'aime ta moustache..., répondit Joel.

Jeff hésita, regarda Molly, regarda ses mains, eut l'air de comprendre quelque chose, ou peut-être pas, et envoya son coude dans la figure de Joel. Si fort que Joel se cogna d'abord contre le flipper et s'effondra ensuite aux pieds de la machine.

Les gars du bar beuglèrent en chœur avec Jeff, qui leva les bras en signe de victoire. Il avait dû passer la soirée à attendre quelqu'un comme Joel.

Molly tapota l'épaule du barman, qui se retourna, et elle lui allongea un uppercut droit dans le menton. Il avait la bouche entrouverte quand elle frappa. On entendit un grand clac, et il chancela, mais resta debout. Il prit son élan.

Du coin de l'œil, Molly repéra un mouvement, puis vit Joel bondir devant elle et lâcher à Jeff un direct du bras arrière en plein visage.

Le barman tomba comme une bûche.

Pendant un instant, Molly fut comme paralysée par cette explosion de violence. Joel, titubant, se rattrapa à elle. Il était encore sonné par le coup qu'il avait reçu.

Molly l'entraîna jusqu'au cabriolet. Il avait la pommette ouverte, le sang coulait abondamment, ruisselait sur sa joue et imbibait le col de sa chemise.

— J'ai un trauma crânien, c'est sûr.

— N'importe quoi !

Il bafouilla quelques mots incompréhensibles.

*Il a un trauma crânien*, pensa Molly en le voyant s'écrouler sur le siège passager.

— Il était bien placé, mon poing ? demanda-t-il.

— Parfait.

Elle lui caressa le front.

— J'ai pas confiance en toi, Joel.

— Personne n'exécutera ton père.

Une voiture s'arrêta dans la rue.

Il fallut un moment à Molly pour comprendre que ce qui éclairait la rue par intermittence était un gyrophare. Quelqu'un avait dû appeler la police à cause de la bagarre.

Molly se tourna vers la voiture de police et se trouva nez à nez avec Archer, au volant, Beverly-Lynn à ses côtés.

— Molly Carver, lança Archer par la fenêtre ouverte.

C'était moins une question qu'une affirmation. Un reproche.

Beverly-Lynn se pencha pour voir Molly et, de ses lèvres muettes, murmura le mot *Désolée*.

Elle avait sans doute dit à Archer qui était vraiment Molly.

L'espace d'une seconde, ils se regardèrent tous les trois, puis Molly s'enfuit.

★

Quelque part entre les sapins, Molly s'arrêta de courir.

Elle n'entendait que la pluie qui s'était mise à tomber et le bruit de sa respiration haletante.

Elle retira sur son bras des épines qui s'étaient enfoncées dans la peau sans qu'elle s'en aperçoive.

Peu à peu, son souffle s'apaisait.

Molly s'adossa au tronc humide d'un sapin.

*Pourquoi M. Rosendale lui versait-il de l'argent ? À quoi pensait Joel en disant : « Personne n'exécutera ton père » ?*

Elle avait cru pouvoir trouver une réponse chez les Rosendale, mais n'avait trouvé que des questions, encore des questions.

Molly s'assit au pied du sapin. L'orage grondait. Des gouttes de pluie chaude lui mouillaient le visage.

Rosendale payait, mais pour *quoi* ?

Dans cinq jours, ça n'aurait plus d'importance.

Molly attendait qu'une idée lui vienne. Elle croqua quelques Valoron. Elle revint sur ses pas pour rejoindre la route, dépassa des maisons sombres, arriva devant le panneau de la ville.

« ROSENDALE ».

Des lettres blanches sur du métal vert. Une sorte de mémorial.

*Un joli nom, au fond*, pensa Molly.

Sa ville natale et sa malédiction.

*Dans cinq jours, je peux tout lâcher*, pensa-t-elle.

— Mais pas maintenant, dit-elle tout haut d'une voix claire, sans buter.

Elle était seule.

Elle sortit alors son portable de sa poche et fit ce qu'elle ne faisait jamais parce qu'elle était certaine de bégayer au téléphone. Elle composa le numéro de Mick, qui décrocha tout de suite.

— Molly ?

Molly dut d'abord inspirer et expirer, submergée par ses larmes.

— La môme, c'est toi ?

— Unk…
— T'es où ?
— Est-ce que tu peux venir ?
— Tu es où, Molly ?
— Est-ce que tu peux venir ?
— Où ?
— R-Rosendale. Là où on habitait avant.

*

Molly traversa la ville à pied. Comme il n'y avait pas de voiture, elle marchait au milieu de la route. Elle était trempée jusqu'aux os. Des lueurs chaudes luisaient aux fenêtres des maisons.

Le *trailer park* Bonne Étoile où Molly avait grandi n'existait plus. Sur les emplacements en terre où stationnaient les caravanes, là où Beverly-Lynn et Molly jouaient autrefois à cache-cache, se trouvaient désormais des pavillons de catalogue construits à la va-vite et bordés de jardinets bien tondus. L'endroit où Molly avait grandi avait été bétonné, englouti sous les constructions.

Molly s'assit à l'abri sous un arrêt de bus.

Elle sursauta en entendant le ronflement d'un moteur. Elle vit le halo d'un phare qui remontait la rue principale et venait dans sa direction.

Molly laissa échapper un sanglot. Elle eut l'impression que tout s'était tu, même le battement de la pluie sur l'asphalte noir.

Elle n'entendait plus que le trois-cylindres de 2 300 $cm^3$ d'une Rocket III, le moteur d'une Triumph.

— J'aurais ja-m-m-mais cru que tu viendrais, Unk.

— Tu m'as appelé !

Il la prit dans ses bras.

— Je suis fier de toi, la môme. Allez viens.

Molly était tellement fatiguée qu'elle se serait endormie sur la moto si le froid ne l'avait pas tenue éveillée. Après une demi-heure de trajet, Mick s'arrêta sur une aire de stationnement en bordure de la forêt, mit pied à terre, enleva son blouson et le posa sur les épaules de Molly. Elle lui avait dit de rouler. Elle n'avait pas voulu parler tout de suite.

Il pointa du doigt le sang sur la chemise de Molly et fronça le sourcil.

Molly lui raconta la bagarre. Les larmes de Tiffany. Archer. Beverly-Lynn. La caravane de Lou Livingston. Le classeur étiqueté « Families Outside ».

Elle se mit à hoqueter.

Molly se balançait d'avant en arrière.

Elle gardait les yeux baissés. Elle avait toujours su qu'elle faisait partie des perdants. Quand on parlait comme elle, qu'on était pauvre, qu'on avait des gènes pourris et un père pareil, penser autrement ressemblait à une tentative d'humour désespérée.

Ces derniers jours, par moments, elle s'était dit qu'au fond, elle n'était peut-être pas la victime qu'elle avait toujours cru être. À présent, elle avait perdu.

La déception enflait dans sa poitrine, s'étirait jusqu'aux orteils, jusqu'au sommet de son crâne, jusqu'au creux entre ses omoplates.

— C'est fini, déclara-t-elle.

— Ce sera fini quand le monde saura que ton père est innocent.

Molly secoua la tête. Elle ne put s'empêcher de sourire entre ses larmes.

— Tu dis toujours le contraire de ce que je dis, fit remarquer Mick.

— C'est tr-rop pour m-moi, fit-elle en s'étranglant avec ses mots.

— Tu trembles.

Les yeux de Molly papillotaient. Elle ne comptait plus les Valoron avalés ces derniers jours.

— T'as vraiment pas l'air bien, la môme.

— On a beaucoup d'essence ?

— Pourquoi ?

— Assez pour la Pennsylvanie ?

— Qu'est-ce qu'il y a, en Pennsylvanie ?

— Papa.

Mick roula sans s'arrêter jusqu'à Lewisburg. Avec le manque de sommeil et les antidouleurs, Molly avait la tête qui tournait. Elle avala encore deux Valoron pendant le trajet alors qu'elle savait que c'était une mauvaise idée.

Pendant dix ans, elle s'était demandé ce qui occuperait ses pensées le jour où elle reverrait son père : à présent, le moment était venu, et elle pensait à un café.

Le jour se levait.

La prison de haute sécurité de Lewisburg était un ensemble de bâtiments en briques rouges entourés d'enceintes et de clôtures en fil de fer barbelé.

Mick longea le parking bordé d'herbe. Il avait expliqué à Molly qu'ils ne pourraient pas entrer. Florentin Carver attendait dans le couloir de la mort, soumis à toutes sortes de règlementations spéciales. Une seule visite hebdomadaire était autorisée. Il fallait s'inscrire au préalable. Et avoir fait l'objet d'une habilitation de sécurité. Les femmes n'avaient même pas le droit de porter de soutien-gorge, avait dit Mick, à cause des armatures en métal.

Il leva les yeux vers les fils barbelés.

— Tu es allé le voir ? demanda Molly.

Mick hocha la tête.

Pendant les dix années qu'elle avait passées auprès de Mick, ils avaient à peine parlé de son père. Molly avait préféré éviter le sujet, qui mettait son oncle dans une colère noire. Et elle avait toujours été persuadée qu'il ne quittait jamais New York.

— Je croyais que tu le détestais.

— C'est mon frère.

Il n'en dit pas davantage. Il avait tout dit.

Mick avançait le long de la clôture. Molly le suivait. À une trentaine de mètres de là, derrière deux clôtures et un mur, Molly vit des hommes qui tendaient leurs mains entre les barreaux. Au moment où elle comprit ce que Mick avait l'intention de faire, son appel retentissait déjà, si puissant qu'elle sursauta.

— Florentin Carver !

Mick se tourna vers elle.

— Me regarde pas comme ça ! D'habitude, j'entre. J'ai fait ça qu'une fois. Y a longtemps, après ton premier match de boxe. J'avais pas le droit d'entrer à cause de mon procès. Et Flo voulait absolument savoir si t'avais gagné.

Ce jour-là, une fille de Brooklyn qui sentait l'huile pour bébé avait cassé le nez de Molly. À cause du sang, l'arbitre avait interrompu le combat après le deuxième round, mais Mick et Molly étaient quand même allés fêter ça avec des spare ribs et une glacière pleine de bières au bord de l'East River. À un moment, Mick avait dit qu'il devait y aller, et

Molly avait été triste qu'il ne veuille pas célébrer la défaite avec elle.

À l'époque, il était allé voir son père. Molly avait la gorge nouée.

Mick expliqua :

— Évidemment, il y a interdiction de communiquer d'ici. Et interdiction pour les prisonniers de répondre. Sinon les gardiens interviennent tout de suite. La clôture, c'est plutôt le coin des femmes. Elles se tiennent là pour que les hommes ne les oublient pas. Et les gardiens en profitent aussi.

— Comment tu as fait, à l'époque ? Après le combat ?

— J'ai communiqué par signes avec des prisonniers. Ils ont transmis le message jusqu'à sa cellule.

— Mais cette fois, tu cries ?

— Je dirais qu'on a cinq minutes, peut-être seulement trois.

— Tu sais quelle fenêtre c'est ?

— Flo est dans le couloir de la mort. Au centre de la prison. Il n'y a pas de fenêtre là-bas. Mais les prisonniers lui feront passer le message. Avec un peu de chance. C'est plutôt une idée à la con de débarquer ici comme ça, mais bon…

Molly enfonça ses mains dans ses poches pour qu'elles cessent de trembler.

— Florentin Carver ! hurla Mick.

De l'autre côté de la clôture, deux hommes en uniforme bleu approchaient déjà.

— Florentin Carver ! cria Mick encore une fois.

— Les gardiens…, murmura Molly.

— Molly est là ! poursuivit Mick.

— Viens, on s'en va, dit Molly en regardant du côté des deux hommes.

— Flo ! J'ai amené Molly !

Les gardiens n'étaient plus qu'à quelques pas.

— Messieurs-dames, cet établissement est la propriété de l'État, vous ne pouvez pas rester ici. Ni crier comme ça.

— Florentin Carver !

— Quittez immédiatement les lieux.

Molly, le regard accroché aux fenêtres, aperçut des visages entre les barreaux. Certains prisonniers avaient passé le bras par les ouvertures, quelques-uns agitaient la main, mais aucun ne répondit. Son père n'était pas là. Molly se sentit bête d'avoir voulu venir.

Les gardiens ouvrirent un portillon dans la clôture et s'avancèrent vers Mick. Les mains levées, il recula lentement.

— C'est bon, c'est bon. Je m'en vais. Ça va, oui. Tout va bien. On est bouddhistes. On est pacifistes.

Molly lui emboîta le pas. De temps à autre, elle regardait vers les fenêtres à barreaux.

— Désolé, lui glissa Mick à mi-voix.

En arrivant à l'extrémité des barbelés, là où on apercevait le parking, Molly sentit soudain le vide. Au creux de son ventre tout à l'heure envahi par la nausée, il n'y avait plus rien, rien que ce gouffre qu'elle connaissait trop bien.

Elle saisit la main de Mick. Il frémit à son contact, la regarda, hocha la tête, referma sa main sur celle de Molly et continua à marcher.

C'est là que Molly entendit son nom.

Quelqu'un, dans la prison, criait son nom, pas son vrai nom, mais celui que seul son père lui donnait.

— P'tite teigne !

Elle se retourna.

Rien d'autre que des barbelés, des murs et des mouvements fugaces entre les barreaux, au loin. Pourtant, Molly entendait son nom, pas très fort, mais distinctement.

— P'tite teigne !

Son père avait un message pour elle.

Molly bouscula un gardien, si violemment qu'il perdit l'équilibre. Elle se mit à courir.

— Papa ! cria-t-elle.

Sa voix se brisa.

Voyant les fenêtres, elle se précipita à la clôture, attrapa le barbelé des deux mains et cria encore :

— Papa !

Un bras dépassait à une fenêtre, elle était certaine que ça ne pouvait pas être son père, et, en même temps, elle n'avait aucun doute, parce que personne d'autre ne pouvait avoir les bras aussi costauds que lui. Elle voulait crier à l'infini.

— Papa, je promets de te sortir d'ici ! hurla-t-elle, si fort qu'il devenait même impossible de bégayer.

Elle ne renoncerait pas. Elle avait encore cinq jours.

L'un des gardiens saisit Molly par le torse. Elle se cramponnait à la clôture, agrippait les barbelés.

— Pourquoi tu as avoué ?

La question de toute une vie. Pour elle comme pour lui.

— Je t'aime fort ! brailla quelqu'un.

Ce n'était pas son père.

Derrière les murs, un rire retentit, si éclatant que Molly l'entendit.

Le gardien arracha Molly de la clôture, l'autre la saisit par l'épaule.

Tandis que les hommes l'éloignaient de force, elle continuait d'entendre cette phrase :

— Je t'aime fort, puis, de la même voix inconnue : Ne cherche plus.

# MOLLY

## *Quatre jours avant l'exécution*

Après une nuit blanche dans un motel de Lewisburg, Mick et Molly étaient revenus à Rosendale. Ils étaient partis avant l'aube.

Le soleil se levait lentement sur le centre de pleine conscience de Tiffany quand ils se garèrent devant le bâtiment.

Mick resta près de sa moto.

En voyant le panneau à l'entrée, il s'était contenté de hausser les sourcils.

Molly ne savait pas si Archer, le chef de la police, avait déjà prévenu les Rosendale et si eux aussi connaissaient maintenant sa véritable identité, mais quoi qu'il en soit, elle devait parler à Tiffany, la questionner sur ces médicaments qu'elle avait soi-disant donnés à ses enfants. Molly était sûre que c'était vrai.

Elle appuya sur la sonnette.

Cette fois encore, la petite femme en froc bleu vint ouvrir et conduisit Molly jusqu'à la chambre de Tiffany.

Elle était assise par terre en tailleur. Elle avait aux pieds des claquettes souples en tissu blanc et, entre les orteils, de petits séparateurs roses. Elle portait sur la tête un casque antibruit en plastique blanc qui ressemblait au casque d'un DJ. En voyant Molly, elle sourit. Si elle connaissait son identité, elle n'en montra rien.

La coupe de cachets était posée devant elle, sur le parquet.

Molly empestait l'essence et la sueur. Elle s'assit.

Tiffany versa du thé vert dans des tasses en porcelaine fine.

— Tu as acheté des munitions ? demanda-t-elle.

Molly observa les mains abîmées de Tiffany. Elle fit oui de la tête alors que c'était faux. L'arme était dans son sac à dos, toujours déchargée.

— Tu es tatouée, n'est-ce pas ? demanda Tiffany, et Molly se demanda comment elle s'en était aperçue alors qu'elle dissimulait tous ses tatouages sous ses vêtements.

Elle acquiesça encore.

— J'aurais tellement aimé me faire tatouer moi aussi, mais Jonathan a toujours été contre.

Molly sentait comme une dalle en béton lui écraser la poitrine. Le manque de sommeil, les médicaments et l'adrénaline en continu l'électrisaient. Et en même temps, elle était à bout de forces. Sur la moto, elle avait cru plusieurs fois qu'elle ne pourrait plus se tenir à Mick, à cause du Valoron qui ramollissait tout et lui donnait l'impression que sa vie était un jeu vidéo des années 1990.

Le portable de Molly vibra. Peut-être Joel, pensa-t-elle. Elle le sortit de sa poche.

JULIETTE : Tout va bien ? Tu t'en sors avec ton article ? ☺ Love, Juliette.

Molly avait complètement oublié Juliette, à l'origine de toute l'entreprise. La colère qu'elle ressentit soudain eut au moins l'avantage de lui éclaircir un peu les idées.

— C'est mon fils qui écrit ? chuchota Tiffany, le sourire amène.

Molly fit disparaître son portable.

— Cette association…, commença-t-elle, mais Tiffany l'interrompit.

Molly n'était même pas certaine qu'elle puisse l'entendre avec son casque antibruit.

— Ne le prends pas mal, dit Tiffany, mais ça n'a pas l'air d'aller. C'est bien normal. D'abord, je vais te maquiller, d'accord ?

Molly était trop sidérée pour répondre.

— Pas de fausse modestie, souffla Tiffany.

D'un mouvement vif, elle s'était déjà levée pour prendre une petite trousse de maquillage dans la commode. Elle s'assit près de Molly, si près que leurs genoux se touchaient. Molly ne la quittait pas des yeux tandis qu'elle dévissait le bouchon d'un mascara noir, saisissait avec douceur le menton de Molly et entreprenait de la maquiller.

— Tu as des cils incroyables, déclara Tiffany, tu devrais les mettre en valeur. Rien que comme ça, on dirait déjà des ailes de papillon.

La situation était tellement absurde que Molly osait à peine respirer. Tiffany étala un peu de blush sur les joues de son modèle, puis ouvrit un rouge à lèvres cerise. Molly se cramponnait à la tasse qu'elle tenait sur ses genoux.

— Tu trouves ça dégoûtant, peut-être ? demanda Tiffany. Je l'ai déjà utilisé.

C'était la première fois qu'elle ne chuchotait pas. Sa voix était beaucoup plus grave que Molly l'avait cru.

Molly ne bougeait pas. Elle allait lui demander ce que c'était, ce spray nasal qu'elle avait donné à ses enfants. Maintenant. Elle devait lui demander.

Tiffany souriait.

— Tu es magnifique, Molly.

Molly.

Son vrai nom.

*Tiffany savait qui elle était.*

— Je…, dit Molly, incapable de former une pensée claire.

Tiffany la coupa :

— C'est l'heure de ma méditation en forêt, si tu veux bien m'excuser.

— Attends, l'arrêta Molly.

Tiffany se leva sans prendre appui sur ses mains, avec la légèreté d'une enfant.

— S'il te plaît, insista Molly, tu sais qu'il n-n-n'est pas coupable.

Encore une fois, Tiffany sourit à Molly, comme sourient ceux dont la vie est un jeu qu'on ne peut que gagner.

— Je sais pour le spray, ajouta Molly.

Tiffany s'immobilisa, le visage inchangé. Elle se pencha vers la jeune femme et dit :

— Tout ça, c'était son idée.

— L'idée de qui ?

Tiffany sortit de la pièce et laissa Molly seule.

— L'IDÉE DE QUI ? lui cria encore Molly.

Mais elle connaissait la réponse.

Elle lança contre le mur la coupe de cachets qui se brisa en mille morceaux.

Revenue sur le parking, Molly consulta son portable.

JOEL : Appelle-moi. C'est urgent. À propos de ton père.

★

Joel avait donné rendez-vous à Molly au bord de l'Hudson, là où ils avaient passé un moment ensemble quelques jours auparavant.

En escaladant le portail, Molly dérapa. Elle se releva et s'avança avec précaution entre les roseaux.

À chaque pas, elle perdait un peu plus de ses espoirs : elle ne voyait plus d'issue.

Le pistolet que Tiffany lui avait donné lui vint à l'esprit. Molly le sortit de son sac à dos et l'examina. Puis elle le laissa tomber dans une mare entre les roseaux et le regarda s'enfoncer lentement dans l'eau boueuse.

Elle avait mal au cœur. Elle s'appuya contre un tronc d'arbre et vomit le thé vert qu'elle avait bu chez Tiffany. Elle tenta de se rappeler à quand remontait son dernier repas, mais elle n'en savait plus rien.

Pendant quelques secondes, il lui sembla qu'elle n'arrivait plus à respirer. En vérité, ça devait être dans sa tête, parce qu'elle avait cherché sur Internet les effets secondaires du Valoron. Elle avait lu *dépression respiratoire* et le terme l'avait marquée.

Plus que 96 heures.

Elle avala le dernier Valoron et jeta le tube orange dans l'herbe.

Joel était assis sur un gros tronc d'arbre couché qui surplombait le fleuve. Une tempête avait dû le renverser, mais il était toujours vivant. Molly se demanda s'il fallait y voir un signe. Elle secoua la tête et vit danser des taches noires devant elle.

Elle escalada le tronc, tremblante, et parvint à s'asseoir à côté de Joel. Sous leurs pieds ballants, l'eau irisée amplifiait le vertige de Molly.

Joel la regarda. Au moins une personne qui avait encore plus mauvaise mine qu'elle, pensa Molly. Son œil était cerné de violet, et la plaie sur sa pommette avait dû être suturée avec des agrafes.

Elle lui fit un petit signe de tête.

Il se taisait. Elle se revit un instant allongée à côté de lui, mais c'était comme si ça n'avait plus d'importance pour elle.

— Hé, dit Joel.

L'eau miroitait sous les pieds de Molly.

— Hm, fit-elle.

— Tu peux arrêter de chercher.

Joel contemplait l'eau. Molly n'était pas certaine que sa langue lui obéisse encore et préféra se taire.

— Personne ne tuera ton père, reprit Joel.

*Je ne comprends rien*, voulut répondre Molly, mais quand elle essaya, il ne sortit de sa bouche qu'un amas de mots confus. Elle ne put s'empêcher de sourire. Pour ne pas bégayer, elle avait pris du Valoron si longtemps qu'elle était maintenant réduite au silence.

Les reflets de l'eau dansaient sous ses pieds comme si le fleuve était en vie. Molly ferma les yeux. Elle tenta encore de dire à Joel qu'elle ne se sentait pas bien, mais il était trop tard. Tout tournait derrière ses paupières fermées.

Joel n'avait rien remarqué. Il ne s'arrêtait plus de parler. Des bribes parvenaient encore à Molly, des phrases isolées.

— T'as déjà pris de la kétamine ? demanda Joel. C'est en spray pour le nez. Ça a l'air de rien, mais après t'es complètement dans les vapes…

Molly n'en pouvait plus, elle lâcha prise. Elle se laissa aller et tomba en arrière, les yeux fermés. Elle n'avait plus peur.

Elle sentit encore le contact de l'eau et s'étonna qu'elle soit si chaude. Elle savait que très vite, elle ne sentirait plus rien. Tout se dessinait clairement. Elle allait étouffer ou se noyer. C'était fini. Elle ne savait pas non plus d'où lui venait cette certitude soudaine. Son père allait mourir. Elle s'enfonça dans une tristesse chaude. Elle n'avait pas réussi.

Molly ouvrit les yeux encore une fois. Les rayons du soleil se brisaient à la surface de l'eau, et Molly s'émerveilla que le monde puisse être beau malgré tout, même maintenant.

Sans savoir pourquoi, elle se dit qu'elle aurait bien aimé danser avec Joel. C'était tellement absurde comme idée qu'elle sourit dans l'eau ou s'imagina sourire, ça ne faisait désormais plus de différence. Elle entrouvrit la bouche et sentit le goût de l'eau, le goût de l'endroit où elle avait grandi. Puis tout s'assombrit.

# TROIS

*Ma p'tite teigne,*

*Ne m'en veux pas, je t'en prie, même si je serai mort quand tu liras ces mots. Je sais que tu n'aimes pas trop ces trucs à l'eau de rose, mais je pense à toi tout le temps. Je te vois à Harvard ou dans une autre université, de celles où on se disait que c'était que pour les enfoirés.*

*Je te vois avec ton fiancé en vacances en Californie, pieds nus dans le sable, au milieu de vagues bien plus bleues que celles de l'océan Atlantique. Avec un gars qui supporte le silence aussi bien que toi.*

*Tu verras enfin les montagnes, les vraies, dans le grand Ouest, celles qu'on a vues que dans les films.*

*Je te vois en Italie, dans les petites ruelles, avec les meilleurs spaghettis aux boulettes de viande, comme dans* La Belle et le Clochard.

*Tu iras te baigner dans l'océan Pacifique. Tu te souviens quand je te l'ai promis, au lac sorcier ?*

*Maintenant, je ne suis plus là. Mais j'ai tenu ma promesse.*

*Je souhaite que tu sois heureuse.*

*J'imagine que tu sais déjà tout maintenant et que tu me détestes. Je ne peux pas m'empêcher de rigoler en te voyant passer tes nerfs sur tout le monde. J'espère que Mick ne sera pas trop en première ligne, il n'était au courant de rien, je te le jure. Seigneur, toi et ta colère… Allez, ma p'tite teigne, je te dis adieu.*

*Ton père*
*qui t'aime*

# MOLLY

L'enfer était une chambre d'hôpital. Molly ouvrit les yeux et aperçut un rideau vert. Des tuyaux lui sortaient du nez. Il faisait nuit. On entendait un bip régulier. Elle avait un goût putride dans la bouche.

Elle se redressa.

Combien de temps avait-elle été inconsciente ?

*Je ne l'ai pas sauvé*, pensa-t-elle. *Il est mort.*

Une douleur vive lui traversa la main quand la couverture frotta l'intraveineuse.

Molly s'assit et débrancha les tuyaux.

Devant sa chambre, Mick attendait, assis sur une chaise. Molly sortit comme en transe.

Mick bondit.

— Molly !

— Papa ? demanda-t-elle.

Mick l'enlaça, la serra contre lui à lui faire mal.

— Tout va bien, la môme.

— Est-ce qu'il est mort ?

Elle repoussa son oncle.

Les larmes lui brouillaient la vue. Elle ne pouvait plus respirer. Elle avait le vertige.

— Il est en vie.

Molly s'affaissa. Mick la retint de tomber et l'assit sur une chaise.

— Rosendale a demandé sa grâce au gouverneur. La peine de mort est suspendue. Il est en vie.

— Mais pourquoi ?

— Je ne sais pas. Comment tu te sens ?

— Qu'est-ce qui s'est passé ?

— Tu as failli crever. Une overdose de ces médocs de merde. Le gamin t'a sortie de là.

Molly ferma les yeux. Elle resta simplement assise et respira.

— Papa est en vie.

Mick pleurait.

— Oui, il est en vie.

Au petit jour, installée derrière Mick sur la moto, Molly clignait des yeux dans la lumière du soleil levant. L'Amérique défilait devant elle, des stations essence, des diners aux panneaux clignotants, des lignes électriques, de vieilles clôtures qui ne clôturaient plus rien, des villes grises, froides et hostiles, où plus personne ne faisait halte.

Le matin était glacial et hideux, mais c'était un matin.

★

Un soir, trois jours après être sortie de l'hôpital, Molly trouva Joel assis sur les marches de l'escalier en pierre, devant l'appartement en sous-sol du Queens. Elle rentrait des courses avec Mick.

Joel portait des bottes noires, une veste de travail en tissu épais de la même couleur et, sur la tête, un chapeau écru ridicule. Sa blessure au visage n'était pas encore guérie, et la peau autour de son œil avait pris une teinte verdâtre.

— Hey, fit-il.

Il était sobre. *Une première*, songea Molly.

— Hey, fit Mick.

Joel et lui se saluèrent d'un signe de tête.

— Salut, Molly, dit Joel.

Elle posa le sac de provisions, s'approcha de Joel et l'enlaça un long moment.

— Merci.

— Merci à toi.

Quand elle rouvrit les yeux, Mick était déjà rentré sans bruit.

— Le gouverneur a suspendu l'exécution, expliqua Molly, même si elle savait qu'il était au courant.

Joel approuva.

— Ton père l'a appelé, poursuivit-elle.

Joel regardait la rue derrière Molly.

— À cause de toi, pas vrai ?

Joel souleva le sac de provisions. Molly remarqua alors le gros sac à dos posé contre la rambarde de l'escalier.

— Est-ce que je pourrais squatter votre canapé quelques jours ? demanda Joel.

Mick lui avait cédé le canapé qu'il avait poussé dans le couloir, juste devant la chambre de Molly. Quant à lui, il dormait sur un matelas gonflable.

De nuit, l'obscurité était totale dans l'appartement.

La première nuit, Joel rejoignit Molly et s'allongea à côté d'elle comme s'il n'y avait rien de plus normal. Elle souleva la couette et passa son bras autour de lui.

Elle voulait dire quelque chose. Elle ne cherchait plus de détours. Molly se fichait de bégayer devant lui. C'était peut-être ça, la réponse.

— J'ai…, commença Molly.

*J'ai confiance en toi*, voulait-elle dire.

Et ça lui faisait du bien de le penser.

— Tu parles trop, répliqua-t-il en l'attirant à lui.

Molly sentait la peau tiède de Joel sur ses bras. Elle savait qu'il lui raconterait tout. Elle n'avait plus besoin de poser de questions, et elle n'en avait plus envie non plus.

Elle blottit son visage dans la nuque de Joel.

Plus tard dans la nuit, alors qu'ils étaient allongés côte à côte sans dormir, Joel s'assit tout à coup. Il alluma la lampe de son portable et éclaira les murs de la chambre, les coupures de journaux que Molly y avait collées.

— Je t'ai réveillée ? demanda-t-il.

Elle haussa les épaules.

Il tenait entre les mains le bout de verre poli bleu, d'habitude posé à côté du matelas.

— Viens, dit Molly.

Elle se leva et enfila un pantalon de jogging. Aussi discrètement que possible, ils montèrent l'escalier qui menait à la rue.

À cette heure entre chien et loup, même le Queens était désert. Molly prit Joel par la main, et ils marchèrent jusqu'à l'East River, jusqu'au mur bordé de mauvaises herbes où Molly était parfois venue crier au ciel son trop-plein de désespoir. Face à eux, de l'autre côté du fleuve, Manhattan scintillait.

Molly cherchait un morceau sur son téléphone. Un east coast swing. Elle monta le son au maximum et appuya sur Play.

— Allez, on danse, dit Molly. Et t'as pas intérêt à avoir oublié.

Elle saisit la main de Joel. Alors les deux jeunes gens, tout meurtris qu'ils étaient, dansèrent sur les bords de l'East River un swing tel qu'ils l'avaient appris l'un et l'autre de Florentin Carver. Ils dansaient pour eux, pour personne d'autre. Plusieurs fois, ils se marchèrent sur les pieds. Personne ne les regardait danser, sinon une poignée de rats. À un moment, Joel rit aux éclats. Et à la fin du morceau, Molly embrassa Joel Rosendale.

— Je crois que tu m-m'as cassé le petit orteil, lui glissa-t-elle à l'oreille.

Joel la repoussa légèrement pour la regarder dans les yeux.

— Tu dois plus prendre ces médicaments, Molly.

— Je sais.

— Si je te dis la vérité, tu vas me détester.

— Peut-être.

Ils s'adossèrent à un mur de briques.

Il lui raconta tout ce dont il se souvenait.

Ils restèrent ensuite assis côte à côte sans un mot.

— Molly ?

— Hm ?

— Tu m'attendras ?

⋆

JULIETTE : Molly ? Tu pourrais répondre à mes messages ? J'ai de super nouvelles ! ☺ Bises, J.

JULIETTE : Molly, rappelle-moi ! Je me fais du souci. J.

JULIETTE : Bon, je te le dis comme ça alors : on a une offre pour un livre. Titre provisoire : JAMAIS SANS MON PÈRE – AU CŒUR DU CLAN ROSENDALE. Avec une avance de dingue, crois-moi. Tu me rappelles, d'accord ? Je t'embrasse, J.

JULIETTE : MOLLY ??? ☹

# JOEL ROSENDALE

Joel Rosendale franchit la porte du siège du FBI, à Lower Manhattan, et se dirigea vers l'accueil, protégé par une vitre blindée.

— Je voudrais faire une déposition, déclara-t-il.

— À quel sujet ? demanda la femme derrière la vitre blindée.

— J'ai tué mon frère.

# JONATHAN ROSENDALE

Jonathan Rosendale était d'excellente humeur. Au petit déjeuner, il avait mangé dix œufs au plat et sniffé deux petits rails de cocaïne. Après quoi il avait pris l'un de ses cabriolets pour se rendre au bureau de police et, en chemin, chanté à pleins poumons quelques-unes de ses chansons préférées de Bowie.

*J'aime ma vie*, songeait Rosendale, répétant le mantra qui était devenu le sien même s'il était faux.

Archer, le chef de la police, l'avait appelé la veille au soir en lui demandant de passer au bureau. Sans doute à cause de Joel. Le gamin n'avait plus montré le bout de son nez depuis plusieurs jours.

Ensuite, Rosendale voulait aller jusqu'à la mine pour y déposer sa rose hebdomadaire. Il avait répété le geste tant de fois qu'il en venait parfois à croire sa propre comédie. Au début, il avait eu du mal, mais pour que l'histoire reste crédible, il savait que chaque détail devait cadrer – jusqu'aux rituels de deuil. Et il était vraiment en deuil.

*N'est-ce pas ?*

Du reste, tout allait merveilleusement bien. Tiffany était de retour, c'était toujours une bonne chose. L'été touchait à sa fin. L'époque des tempêtes d'automne qu'il aimait tant serait bientôt là.

Il entra dans le bureau de la police. La secrétaire grasse comme un cochon lui sourit avec l'air d'avoir quelques neurones en moins.

— Sympa, l'aigle, lança Rosendale en désignant le rapace tricolore en porcelaine kitch, avant d'entrer tout droit dans le bureau d'Archer.

Archer lui tendit la main et ferma la porte. Pour la première fois, il vint alors à l'esprit de Rosendale que quelque chose clochait.

— Jonathan, dit Archer, je suis désolé de devoir te déranger avec ça. Il s'agit de Casper. Apparemment, il y a de nouveaux éléments. Tu veux peut-être appeler tout de suite ton avocat pour cette conversation ? Je suis obligé de te poser la question.

Jonathan Rosendale sourit.

— Pourquoi, c'est un interrogatoire ?

— Non, non.

— Qu'est-ce qui se passe, Steve ? Il y a un problème ?

— Joel a fait une déposition, à New York. Sinon je t'aurais juste passé un coup de fil.

Jonathan Rosendale resta de marbre. Il sourit. Il but une gorgée de l'abominable café qu'Archer lui avait servi. Il se remémora ce jour, dix ans auparavant, où tout avait commencé – ou fini, selon le point de vue.

★

C'était l'une de ces journées de décembre où il faisait un froid à crever. Tiffany n'allait pas bien à cette époque, elle portait son casque antibruit quasiment en permanence. Mais Jonathan avait réussi à la convaincre de se tremper avec lui dans le jacuzzi. Tiffany nageait en cercle, nue. Il faisait son possible pour ne pas faire de bruit quand ses mains entraient en contact avec la surface de l'eau.

Les enfants étaient en haut.

Tiffany les avait calmés. Elle était vraiment douée pour ça.

Dans l'eau, Tiffany avait enroulé ses jambes autour de lui, et Jonathan se disait qu'il était heureux, qu'il allait la pénétrer ici, dans le jacuzzi, quand il entendit le coup, au deuxième étage.

Pendant une seconde, Tiffany et Jonathan se regardèrent. Puis Jonathan, nu, s'élança dans l'escalier de marbre et grimpa les marches quatre à quatre. Dans sa chambre, Joel était assis bien droit dans son lit, un M1911 à côté de lui. Casper avait dans la poitrine un trou gros comme un œuf au plat. Le matelas était rouge. Joel était parfaitement calme, ses paupières étaient lourdes.

Plus tard, Jonathan lirait que les médicaments administrés aux enfants par Tiffany étaient utilisés en médecine urgentiste.

Il lirait : « Chez 10 à 30 % des personnes traitées, la kétamine provoque des rêves anormaux et des hallucinations. »

Joel avait huit ans quand il tua son frère.

Au moment où Tiffany arriva dans la chambre, Joel s'était déjà rendormi près du pistolet.

Tiffany ne poussa pas un cri, elle resta pétrifiée, l'eau gouttant de ses doigts sur le marbre. Elle sortit de la chambre.

Jonathan Rosendale prit le pouls de Casper tout en sachant qu'il n'y avait plus de pouls. Il souleva Joel, l'emporta jusque dans la chambre parentale et l'allongea sur la méridienne, puis il retourna sur ses pas, prit Casper dans ses bras et le porta jusqu'à la baignoire de la salle de bains voisine. Rosendale ne saurait dire par la suite pour quelle raison il avait agi ainsi. Les enfants ne pesaient presque rien.

Florentin Carver entra en trombe dans la pièce.

— Seigneur !

— Il ne pouvait pas être chargé…, marmonnait Rosendale.

— Il faut l'emmener à l'hôpital, dit Carver.

Rosendale martelait son front avec son poing. Carver s'approcha et lui maintint les poignets.

— Monsieur, il faut tout de suite aller à l'hôpital.

Rosendale le regarda, sans comprendre, la bouche ouverte comme pour crier, mais aucun son n'en sortit. Il tourna la tête du côté de son fils. Dans la baignoire, la flaque de sang paraissait presque noire.

— Il est mort, pas de médecin.

— Monsieur, j'appelle les secours.

— C'était un accident, dit Jonathan Rosendale.

Il passa une main sur son visage et reprit contenance.

— Il nous faut un médecin, insista Carver.

— Non.

Carver attendit, immobile, ses yeux vifs rivés sur Rosendale.

— Pas de médecin, Flo. D'abord, je dois réfléchir. Laisse-moi réfléchir. Nous ne pouvons pas risquer l'instrumentalisation.

Jonathan descendit l'escalier et s'assit à côté de sa femme, immobile sur la marche, nue, comme vidée de tout. Il demeura longtemps près d'elle à réfléchir, mais rien ne lui venait à l'esprit qui puisse le sauver.

Le silence dura si longtemps qu'il sursauta quand Tiffany prit la parole :

— Nous devons nous montrer perspicaces.

Jonathan l'observa un moment. Tiffany lui caressa la joue. Puis elle posa la tête sur ses genoux.

Florentin Carver descendit l'escalier, une couverture à la main, et la posa sur le corps nu de Tiffany. Puis, les doigts tremblants, il tendit à Rosendale un verre de whisky. Carver avait les joues inondées de larmes, mais aucun sanglot ne s'échappait de sa gorge.

— Monsieur Rosendale, dit-il finalement, peut-être que ça pourrait être moi.

— Quoi ?

— Je suis malade. Je suis condamné. Quoi qu'il arrive. J'ai peut-être un plan.

★

— Jonathan ? demanda Archer. Tout va bien ? Tu veux que je t'apporte un verre d'eau ?

Depuis ce jour, depuis qu'un innocent avait emporté le corps sans vie de son fils, Rosendale avait eu beau répéter mille fois l'inverse, jamais plus il n'avait été heureux. Mais jusqu'à présent, malgré tout, il s'était toujours considéré comme un gagnant.

Il regarda Archer dans les yeux.

— Je pense que je ferais bien d'appeler mon avocat.

# MOLLY

L'intérieur de la prison sentait le gymnase, l'acier et, bizarrement, le popcorn. Molly franchit plusieurs portes, plusieurs grilles, et passa un détecteur de métaux.

Tous les murs étaient peints en rose pâle.

Aussitôt après les aveux de Joel, le père de Molly avait accepté la demande de visite qu'elle avait déposée.

Un gardien conduisit Molly jusqu'à une pièce divisée en deux par une vitre blindée, avec des téléphones de part et d'autre.

La porte s'ouvrit.

Un blond musclé aux cheveux rasés entra dans la pièce d'un pas volontaire. Molly crut d'abord qu'il s'agissait de son père, mais c'était un gardien. Son père arrivait derrière à petits pas prudents, le dos légèrement voûté. Ses poings serrés s'ouvraient et se refermaient. Sa tête tremblait un peu. Sa démarche était mal assurée, inégale, mais il marchait. La maladie était moins avancée que Molly l'avait craint.

C'était un homme aux cheveux longs et gris, vieilli par les dix dernières années, les mains menottées, les chevilles entravées par une chaîne. Maigre dans sa combinaison. *Mon père.*

Il s'assit devant elle. Elle saisit le combiné.

De l'autre côté de la vitre, le père de Molly la regardait droit dans les yeux. Elle voyait sa poitrine osseuse se soulever et s'abaisser à chaque respiration. Son visage inexpressif, comme derrière un masque. Puis, au bout d'un moment, des rides du bonheur. Son père regarda le combiné sans le saisir. Molly voyait qu'il se concentrait. Il tendit le bras d'un geste brusque, attrapa le combiné de ses doigts écartés. Sa main tremblait quand il porta le combiné à son oreille. Chaque mouvement était une épreuve pour lui et, en le regardant, Molly sentit son cœur se déchirer.

— Pourquoi tout est rose ici ? demanda Molly.

Dix ans pour réfléchir à une bonne question, et voilà ce qui sortait. Il s'écoula un moment avant que son père sourie, puis son visage devint grave.

— Est-ce que tu as… (Il fit une pause.) … fait le test ? demanda-t-il lentement.

Elle hocha la tête.

— J'ai pas ouvert les r-résultats, pas encore.

— Est-ce que l'association a versé l'argent ?

Molly acquiesça encore.

Il inspira longuement.

— Je t'ai écrit des lettres, dit-il.

Il parlait avec hésitation, un peu confusément, mais sa voix, cette voix que Molly avait tellement souffert de ne plus entendre, était restée la même.

— Je… j'ai pas pu les envoyer… Je suis désolé.

— C'est pas grave, papa.

Molly pressait le combiné contre son oreille.

Son père paraissait si faible. C'était à peine supportable.

Molly voulait poser sa main sur la vitre, mais elle avait peur qu'il ne fasse pas de même. Elle ne savait pas pourquoi.

— Tu es là, dit-il.

Sa pomme d'Adam montait et descendait en permanence.

— Regarde, lança Molly, et elle déboutonna sa chemise, écartant le col pour qu'il puisse voir la teigne des abeilles tatouée sous sa clavicule.

— P'tite teigne… Tu es belle.

— Et toi, tu as une sale gueule.

Ils se mirent à rire. Molly et son père riaient.

*C'est ça, le bonheur*, pensa-t-elle.

Il lui raconta toute l'histoire, lentement, en s'arrêtant souvent.

Se souvenir et parler lui étaient visiblement difficiles, tout prenait une éternité, et, plusieurs fois, Molly dut lui demander de répéter parce qu'elle ne le comprenait pas. Il lui raconta toute l'histoire – qu'il s'était assis à côté de M. Rosendale sur l'escalier en marbre, qu'il lui avait proposé d'endosser la responsabilité du meurtre pour empêcher qu'un scandale compromette la famille et le lobby des armes. Qu'il avait demandé à Rosendale de s'occuper de Molly. Et que Rosendale était venu le trouver le soir même devant sa caravane, où les deux hommes avaient conclu un marché : des aveux pour un meurtre qui n'avait jamais existé en échange de l'avenir de Molly.

Florentin, en larmes, s'était tu.

— Papa, finit par dire Molly, m-m-maintenant tu dois sortir d'ici.

Il ignora son bégaiement, comme il l'avait toujours fait.

— On s'en fout de l'argent, insista Molly.

Il leva une main.

— Ça ne va pas s'améliorer, expliqua-t-il en regardant ses doigts agités de soubresauts.

— Et alors ?

— Je veux que tu aies tout ce qu'il te faut, toute ta vie. Sinon tout ça, c'était pour rien.

— Si tu finis tes jours ici, c'était pour r-rien.

Elle posa sa main sur la vitre. Il posa la sienne tout contre. Molly fondit en larmes.

*

Cinq mois plus tard, Mick, Molly et son père étaient assis un soir au Papaya Dog, à Manhattan.

Depuis sa sortie, le père de Molly dormait sur le canapé avec les gros chats, dans la même pièce que Mick alors que la place manquait déjà. Aucun médecin ne pouvait prédire combien de temps il restait à Florentin avant que la maladie détruise complètement ses facultés motrices et anéantisse son esprit.

La première fois qu'il avait lentement descendu l'escalier du sous-sol, Molly lui avait demandé si cet appartement, un appartement sous terre, ne l'angoissait pas avec sa claustrophobie. Son père s'était contenté de rire.

Mick avait devant lui trois hotdogs garnis de trois sortes d'oignons, et Molly, deux hotdogs, chacun garni d'une épaisse couche de mayonnaise.

Au moment de commander, Molly avait bégayé, mais ça n'avait fait ni chaud ni froid à la serveuse.

— Rien qu'à regarder, j'ai la gerbe, dit Mick en grimaçant devant les hotdogs de Molly.

Il posa sur la table les trois bières qu'ils avaient apportées.

Florentin regardait le repas. Il avait expliqué à Molly que sa plus grande crainte était de s'étrangler.

— Comment va ton Rosendale ? demanda Florentin.

Molly n'aimait pas qu'on appelle Joel comme ça, mais Mick et son père y prenaient un malin plaisir parce qu'ils savaient que ça agaçait Molly.

Joel attendait son procès dans une prison plus à l'ouest, à une heure du Queens. Son avocat se disait certain qu'il serait acquitté.

À voir le regard de Mick, à la douceur de sa voix, Molly sut tout de suite ce qu'il voulait demander.

— Dis, Molly, la lettre. Les résultats du test.

Elle but une grosse gorgée de bière.

— Partie en fumée.

— Quoi ? demanda Mick.

Le père de Molly la regardait, les yeux plissés. Il secoua doucement la tête, puis sourit.

Molly saisit la main de son père. Ils échangèrent un regard, un signe. Il suffisait qu'ils soient ensemble pour qu'aucun d'eux ne tremble plus.

Molly renonça à son deuxième hotdog en espérant que les autres ne s'en rendraient pas compte.

— Comment ça ? fit Mick. C'est finalement pas top, la mayo avec la saucisse ?

— C'est dégueu, dit Molly.

Il éclata de rire.

Elle se demanda quand elle avait entendu Mick rire comme ça pour la dernière fois. Florentin regarda son frère et se mit à rire lui aussi, s'essuyant les yeux pour qu'on ne voie pas ses larmes, mais Molly les avait bien vues.

Pendant quelques instants, elle eut l'impression que sa vie se déroulait au ralenti.

Tel était l'endroit où elle était chez elle. Une baraque à hotdogs poisseuse à Manhattan. Un sous-sol dans le Queens. Deux hommes qui étaient sa famille.

Molly les écoutait rire autour de la table collante que le lampadaire, dehors, baignait de sa lumière orangée.

À ce moment, elle ne pensait à rien, elle était simplement là.

# LOU

Dans un café du centre-ville de Santa Fe, au Nouveau-Mexique, une petite femme était assise sur une chaise en alu, un gros sac de voyage à côté d'elle.

Elle buvait un café glacé dans un gobelet en plastique et piochait des céréales au chocolat dans une boîte en carton.

La femme posa un livre sur la table, un vieux livre jauni qui semblait avoir été feuilleté maintes fois. La photo d'une rose était imprimée sur la couverture.

La femme avait l'air fatiguée, mais elle était encore jeune, et l'air autour d'elle vibrait d'énergie, comme si un nouveau chapitre commençait. Ou peut-être n'était-ce que la chaleur. Elle ouvrit le livre.

# Note de l'auteur

L'histoire qui précède est une fiction.

En revanche, les faits suivants sont avérés :

« Une milice bien organisée étant nécessaire à la sécurité d'un État libre, le droit du peuple de détenir et de porter des armes ne doit pas être transgressé. »
Deuxième amendement de la Constitution des États-Unis.

En 2020, aux États-Unis, au moins 369 tirs involontaires étaient le fait d'enfants. Ces tirs ont causé 142 décès et 242 blessures par balle.
Source : American Academy of Pediatrics
https://www.healthychildren.org/English/safety-prevention/at-home/Pages/Handguns-in-the-Home.aspx

Environ 52 millions d'Américains de plus de 12 ans, soit 18,4 % de la population, ont délibérément abusé de médicaments prescrits sur ordonnance au moins une fois dans leur vie.
Environ 6 % des Américains sont dépendants de médicaments prescrits sur ordonnance.
Source : https://drugabusestatistics.org/prescription-drug-abuse-statistics/

Composition et mise en pages
PCA – Rezé
Achevé d'imprimer en janvier 2025
sur Roto-Page par l'Imprimerie Floch à Mayenne
pour le compte des éditions Calmann-Lévy
21, rue du Montparnasse 75006 Paris

PAPIER CERTIFIÉ

CALMANN LÉVY s'engage pour l'environnement en réduisant l'empreinte carbone de ses livres.
Celle de cet exemplaire est de :
450 g éq. $CO_2$
Rendez-vous sur
www.calmann-levy-durable.fr

N° d'éditeur : 4928351/01
N° d'imprimeur : 106279
Dépôt légal : février 2025
*Imprimé en France*